LÜG MICH NIE AN

EIN PATTERSON-BLAKE-PREQUEL

PATTERSON BLAKE KRIMIS

A.M. STRONG

SONYA SARGENT

EDITED BY

PETRA DINGES

WEST STREET PUBLISHING

AUSSERDEM VON A. M. STRONG & SONYA SARGENT

Die Patterson-Blake-Thriller-Serie

Schwester, wo bist du?

Ist sie wirklich weg? (Nov. 2023)

All die toten Mädchen (2024)

Lass sie niemals gehen (2024)

Patterson Blake Prequel

Lüg mich nie an

Die Originalausgabe erscheint 2021 unter dem Titel
Never Lie To Me
bei West Street Publishing

Dies ist ein fiktives Werk. Figuren, Namen, Orte und Ereignisse sind Produkte der Fantasie des Autors. Jede Ähnlichkeit mit Ereignissen, Orten oder realen Personen, ob lebend oder tot, ist rein zufällig.

Aus dem Englischen von A.M. Strong
herausgegeben von Petra Dinges
Umschlaggestaltung: West Street Publishing
Satz: West Street Publishing
Verlag: West Street Publishing, 1096 Fairlawn Drive, Rockledge, FL 32955 USA
Druck: West Street Publishing
www.anthonymstrong.com

Titelbild und Satz von Bad Dog Media, LLC.

ISBN: 978-1-942207-50-4

Für Gidget und Tiki, an die ich immer noch denke!

1

Sie standen weit auseinander auf der leeren Bühne, zwei Schauspieler, die ihren Text aufsagten: Kaylee Roberts und Ben Ford, beide Anfang zwanzig. Vor ihnen stand der neununddreißigjährige Jeremy Knight, der wie ein eingesperrter Tiger mit einem finsteren Blick auf der Bühne herumlief. Er war Autor, Regisseur und Hauptdarsteller in dem noch nie gezeigten Stück Midnight's Crossing.

Etwas weiter entfernt in den Flügeln standen weitere Schauspieler. Drei männliche und zwei weibliche. Sie alle hielten Skripte in der Hand, und ihre Mienen verrieten die Erschöpfung nach einer vierstündigen Probe, die sich über sieben Stunden hingezogen hatte. Sie waren vor dem Mittag im Theater angekommen, aufgeregt wegen der Premiere in weniger als einer Woche. Doch nun war ihr Enthusiasmus verflogen und durch Müdigkeit und Hunger ersetzt worden.

»Weißt du, was dein Problem ist?« fragte Knight und schritt zornig über die Bühne. Er starrte seine weibliche Hauptrolle mit einem vernichtenden Blick an. »Du hast kein

Feuer im Bauch. Keine Leidenschaft. Weißt du, wie wichtig das für mich ist?«

»Ich tue mein Bestes, Jeremy.« Kaylees Stimme stieg als Reaktion auf Knights Wut um eine Oktave an. Sie zupfte am Saum ihres blauen Rocks, eine Strähne ihres blonden Haars fiel ihr vor die Augen. Sie hielt ein mit Eselsohren versehenes Skript in der Hand, in dem mehrere Seiten mit farbigen Reitern markiert waren. »Ich versuche es. Das tue ich. Aber du hast in der letzten Woche so viele Änderungen an dem Stück vorgenommen. Und wir sind so kurz vor der Premiere. Ich denke, wir sollten den ursprünglichen Text spielen. Er war...«

»Er ist bei weitem nicht gut genug«, unterbrach Knight. Er warf die Hände in die Luft, bevor er mit energischem Schritt in Richtung Bühnenmitte ging, sein kauziges Gesicht halb erleuchtet von einer einsamen Bodenlampe. Er drehte sich um und wandte sich der jungen Schauspielerin zu. »Nein. Der neue Text ist besser. Er ist dramatischer. Er fängt das Wesen dieser beiden Figuren ein. Sprechen aus, wer sie sind.«

»Aber...«

»Die Veränderungen bleiben«, sagte Knight mit angespannter Stimme. Er schloss kurz die Augen und atmete mehrmals tief durch, um sich zu beruhigen. Seine Miene wurde weicher. »Sieh mal, Kaylee, du bist eine hervorragende Künstlerin. Ein wunderbares Talent, das eine große Karriere vor sich hat. Du kannst das schaffen. Ich glaube an dich.«

Kaylee nickte stumm. Sie nahm ihr Skript in die Hand und blätterte es durch, bis sie bei einer der markierten Seiten stehen blieb. »Willst du, dass wir Szene vier noch einmal machen? Diesmal schaffe ich es. Ich verspreche es.«

»Nein.« Jeremy hatte das Ende seiner Ausdauer erreicht. Er schaute auf seine Uhr, ging die Bühne hinunter und wandte sich dann der Gruppe zu. »Wir sind fertig. Die Probe ist vorbei. Ihr könnt jetzt alle gehen und etwas essen. Es war ein langer Tag. Wenn ihr heute Abend nach Hause kommt, nehmt euch etwas Zeit, um den neuen Text durchzugehen. Prägt ihn euch ein. Wir machen morgen mit der Probe weiter, wenn alle wieder frisch und munter sind.«

Ein Raunen der Erleichterung ging durch das Ensemble.

»Gott sei Dank«, sagte Ben und seine Schultern entspannten sich vor Erleichterung. Das Beleuchtungspersonal und die Bühnenarbeiter waren vor einer Stunde entlassen worden, anstatt Überstunden von ihnen zu verlangen. »Ich könnte ein kaltes Bier gebrauchen.«

»McGee's hat Happy Hour bis acht«, sagte Eric Lane, einer der Schauspieler, die in den Kulissen standen. Damit meinte er McGee's Irish Bar und Restaurant, ein beliebtes Lokal auf der Main Street in der mondänen Touristenstadt Montauk auf Long Island. Das Lokal befand sich in einem historischen Gebäude im Tudor-Stil, nur wenige Blocks vom Phoenix Playhouse entfernt, und war ein Favorit in der Schauspielergemeinde. »Wir können es immer noch schaffen.«

»Geht für mich in Ordnung«, antwortete Ben. Er blickte zu Kaylee. »Was ist mit dir?«

»Sicher.« Sie schloss ihr Skript und sah zu, wie Ben in Richtung der Flügel ging, dann wandte sie sich wieder Jeremy zu, der sich nicht bewegt hatte. »Kommst du mit?«

»Bald.« Jeremy schenkte ihr ein mattes Lächeln. »Ich möchte an dem neuen Text arbeiten und meine Inszenierung überprüfen. Geh schon mal vor. Ich komme später zu euch.«

»Wenn du dir sicher bist«, sagte Kaylee.

»Hau schon ab. Ich brauche nicht lange.«

»Vielleicht sollte ich bleiben und dir Gesellschaft leisten.« Sie trat auf ihn zu, streckte die Hand aus und berührte seinen Arm.

»Ich komme schon klar.« Er gab ihr einen beruhigenden Klaps auf die Schulter, dann zog er seinen Arm weg.

»Kaylee, was machst du? Wir verpassen das billige Bier.« rief Ben aus den Kulissen. Der Rest der Besetzung hatte sich bereits hinter die Bühne begeben. Er verweilte in der Tür und wartete auf sie.

»Bist du sicher, dass du keine Gesellschaft willst?«

»Ja.« Jeremy nickte. Er begegnete ihrem Blick. »Ich bin mir sicher.«

Kaylee biss sich auf die Lippe, nickte freundlich und ging dann über die Bühne in Richtung Flügel. Dann drehte sie sich um, lief zurück und drückte ihm einen schnellen Kuss auf die Wange. »Lass mich nicht ewig warten, okay?«

»Das werde ich nicht«, antwortete er, obwohl er wusste, dass er nicht so bald zu ihr in die Bar kommen würde, und schon gar nicht rechtzeitig zur Happy Hour. Sie wusste, dass er nicht kommen würde, aber sie tat so, als wüsste sie es nicht. Es war nie weniger als eine Stunde, wenn er zurückblieb, was er in diesen Tagen immer tat. Es gab so viel zu tun, so viele Dinge, die in Ordnung gebracht werden mussten. »Verschwinde. Ich treffe dich dann bei McGee.«

»Okay ... Ich liebe dich.« Kaylee überquerte wieder die Bretter, drehte sich um, hauchte ihm noch einen Kuss zu und verschwand dann durch die Bühnentür.

Er sah ihr nach und blickte dann über die Sitzreihen im abgedunkelten Zuschauerraum. Er spürte ein Kribbeln der Beklemmung, so wie er es immer tat, wenn er allein im Theater war. Dieser Ort hatte etwas an sich, eine grüblerische Melancholie, die sich nur auflöste, wenn ein Publikum anwesend war. Er nahm an, dass sich alle Theater so anfühlten, wenn sie leer waren. Vielleicht gab es deshalb so viele Geistergeschichten, die sich um sie rankten. Sogar das Phoenix hatte ein Phantom. Der Geist eines unglücklichen Schauspielers, der es nicht ertragen konnte, selbst im Tod von seiner geliebten Bühne, getrennt zu werden. Ein Geist, dessen flüchtiges Erscheinen jede Show zum Scheitern verurteilte, die das Pech hatte, von ihm besucht zu werden. Zumindest, wenn man den Lügengeschichten Glauben schenkte, die von abergläubischen Schauspielern in den Umkleideräumen vor dem Auftritt geflüstert wurden.

Knight schüttelte das seltsame Gefühl der Unruhe ab und wandte seine Aufmerksamkeit wieder der Arbeit zu. Er machte sich auf den Weg zum Proszenium und zu der Stelle, an der er gestanden hatte, bevor seine Darsteller gegangen waren. Er starrte in die Dunkelheit hinaus und ließ die letzte Szene, die Kaylee und Ben gespielt hatten, vor seinem geistigen Auge Revue passieren. Das Problem war seine weibliche Hauptrolle. Ihre Darstellung war gezwungen. Ihr Tonfall war völlig falsch, und sie artikulierte zu viel. Er gab es nur ungern zu, denn er mochte Kaylee, und sie war mehr als süß, aber sie war kein Naturtalent. Er steckte in einer echten Zwickmühle. Es gab keine Möglichkeit, sie zu ersetzen. Nicht jetzt. Die Show sollte in ein paar Tagen beginnen. Außerdem war er auf andere Weise engagiert. Sie musste bleiben, und sei es nur, um das Leben einfacher zu machen.

Er seufzte und ließ seine Gedanken schweifen, in der Hoffnung auf eine Lösung, auf einen Geistesblitz, der seinem Dilemma ein Ende setzen würde. Aber die Antwort war nicht zu finden. Er dachte noch immer darüber nach, als fünfzehn Minuten später ein klirrender Musiktitel aus seiner Tasche ertönte und seine Konzentration unterbrach.

Jeremy holte sein Handy heraus, sah auf das Display und erkannte die Nummer. Er nahm ab und hob das Telefon an sein Ohr.

»Hey. Ich bin noch nicht fertig im Theater. Ich dachte, du würdest später anrufen.«

Einen Moment lang herrschte Stille, während er der Antwort lauschte.

»Nein. Ist schon gut. Ich bin froh, deine Stimme zu hören.«

Weitere Stille.

»Was meinst *du, wie es läuft*? Wir haben kaum ein Ticket verkauft.«

Jeremy hörte zu. Ein Lächeln umspielte seine Lippen.

»Ja. Ich vermisse dich auch. Ich kann es kaum erwarten, dieses Theater hinter mir zu lassen und zu dir zu kommen.«

Stille.

»Nein, ich habe es noch niemandem erzählt.«

Da war ein leises Geräusch von irgendwo in den Flügeln links der Bühne. Vielleicht Schritte. Jeremy drehte sich um und fragte sich, ob einer der Darsteller zurückgekehrt war. Er hoffte, dass es nicht Kaylee war.

»Jemand ist hier. Ich muss jetzt auflegen. Ich rufe dich morgen an, okay?«

Stille.

»Ich kann es auch nicht erwarten, dich zu sehen. In ein paar Wochen werden wir endlich zusammen sein.« Diese letzte Antwort flüsterte er, legte dann schnell auf und steckte das Telefon wieder in seine Tasche.

Jeremy starrte in die schwach beleuchtete Dunkelheit an der Seite der Bühne, wo er das Geräusch gehört hatte. Er konnte den Tisch mit den Requisiten, die rollenden Kulissen und den Käfig erkennen, in dem Seile und Gegengewichte für das Fliegersystem untergebracht waren, mit dem die Kulissen vom hohen Dach herauf- und heruntergelassen wurden. Aber er sah weder Kaylee noch sonst jemanden.

Er hielt den Atem an und lauschte. Aber jetzt war alles still. Trotzdem kehrte die kürzlich verbannte Beklemmung zurück und jagte ihm einen Schauer über den Rücken.

Nimm dich zusammen. Da ist nichts, wovor man Angst haben müsste, dachte er bei sich.

Doch die innere Stimme trug wenig zur Beruhigung seiner Nerven bei.

Jeremy beschloss, dass es genug war. Er konnte morgen weitermachen. Er holte sein Skript von einem Hocker am vorderen Ende der Bühne, wo er den halben Nachmittag und Abend gesessen hatte, während die anderen Darsteller ihren Text abspulten, und er einsprang und seinen eigenen Text auswendig aufsagte, wenn es nötig war.

Er wandte sich den Kulissen zu und wollte das Licht ausschalten, die Bühnentür abschließen und von hier verschwinden. Sich in die warme Sicherheit von McGee's und einem doppelten Whiskey zurückzuziehen. Whiskey pur, versteht sich.

Doch dann durchbrach ein anderes Geräusch die Stille. Wie eine Tür, die an alten Angeln aufgemacht wird.

Er erstarrte. Es kam von hinten, aus der Richtung des Orchestergrabens. Er drehte sich um, seine Augen suchten die Dunkelheit jenseits der Rampenlichter ab. »Hallo?«

Das stille Theater schloss sich um ihn herum. Die Luft wurde dick und schwer. Die Sitzreihen jenseits des Vorplatzes wirkten wie geisterhafte Gefäße, die darauf warteten, gefüllt zu werden. Er erwartete halb, dass er auf einem von ihnen eine gespenstische Gestalt sehen würde, die ihn anstarrte, und war erleichtert, als das nicht der Fall war.

Er kämpfte gegen einen Anflug von unvernünftiger Panik an, ging zum Bühnenrand und blickte hinunter in den düsteren Orchestergraben, der sich unter der Vorbühne ausbreitete. Er hätte schwören können, dass das Geräusch von dort kam. Hatte sich einer der Schauspieler wieder hineingeschlichen, um ihm einen Schrecken einzujagen? Das würde er ihnen zutrauen.

»Ist da jemand?«, rief er. »Ben, wenn du das bist, kürze ich deinen Text heraus und gebe ihn Eric.«

Keine Antwort.

Nur sein eigener keuchender Atem und sein rasender Herzschlag erfüllten seine Ohren. Wenn es Ben *war*, ging der alberne Schauspieler zu weit. Aber sein aufgewühlter Magen sagte ihm, dass es nicht so war. Er verspürte einen überwältigenden Drang, zu fliehen. Irgendetwas stimmte hier nicht. Die Atmosphäre in dem alten Gebäude war erdrückend. Es war, als stünde er in einer Gruft.

Scheiß drauf, dachte er und drehte sich schnell nach hinten, weg vom Orchestergraben.

Nicht schnell genug.

Bevor er auch nur einen Schritt machen konnte, packten ihn zwei Hände an den Knöcheln und rissen ihn mit einer solchen Wucht nach hinten, dass er das Gleichgewicht verlor. Er taumelte am Rand der Bühne, bevor seine Füße ins Leere rutschten. Er kippte nach vorne und knallte mit dem Körper gegen den vorderen Teil der Bühne. Er spürte, wie er in den gähnenden schwarzen Schlund des Orchestergrabens hinunterrutschte. Er streckte verzweifelt die Hände aus, um sich festzuhalten, spürte aber nur Luft zwischen seinen Fingern, bevor er in die Dunkelheit fiel. Einen Moment später schlug sein Kopf hart auf dem Betonboden des Orchestergrabens auf, und der Aufprall betäubte ihn.

Der Atem schoss aus seinen Lungen. Seine Schulter brannte, und er konnte seinen linken Arm nicht bewegen. Er musste ihn gebrochen haben, als er auf dem Boden aufschlug. Aber er spürte noch keine wirklichen Schmerzen, was ihn überraschte. Nur ein einziger dumpfer Schmerz, der sich von der Aufprallstelle ausbreitete wie Wellen auf einem Teich. Er versuchte aufzustehen, aber seine Glieder weigerten sich, ihm zu gehorchen. Er wollte schreien, doch seine Kehle schnürte sich vor Panik zusammen. Alles, was er schaffte, war ein leises Röcheln.

Dann sah er die Gestalt, die am Rande seines Blickfeldes stand und immer wieder aus seinem Fokus verschwamm. Eine Gestalt mit einem dämonischen, wutverzerrten Gesicht. Und in ihrer Hand... einen Hammer.

2

Im McGee's war es ruhig, selbst für einen Dienstagabend. Kaylee kam mit zwei Getränken von der Bar zurück, jeweils eins in jeder Hand. Sie gab Ben ein Glas und behielt das andere für sich, dann sah sie sich um. Im hinteren Teil des Raums stand ein Billardtisch, auf dem drei Kugeln und ein Queue lagen, die Überreste des letzten Spiels. Es hing eine Dartscheibe an der Wand. Vier Jungs, die zu ihrer Linken an einem Tisch saßen, waren schon da gewesen, als sie die Bar betraten. Sie hatten schon eine ganze Weile getrunken, wie man an ihrer lauten Unterhaltung und ihrem schallenden Gelächter erkennen konnte. Abgesehen von Kaylees kleiner Gruppe von Schauspielern und ein paar Leuten, die mit Getränken in der Hand an der Bar verweilten, waren sie die einzigen Gäste.

Sie warf einen Blick auf ihre Uhr. Es war schon fast eine Stunde vergangen, seit sie Jeremy im Theater zurückgelassen hatte. Das war lang genug. Sie stellte ihr Getränk auf den Tisch und wandte sich an Ben. »Jeremy sollte jetzt schon längst hier sein. Lass uns zurück zum Theater gehen und ihn holen.«

»Warum?« Ben zog eine Augenbraue hoch. »Du weißt doch, wie Jeremy ist. Wahrscheinlich schreibt er das verdammte Drehbuch wieder um. Er wird auftauchen, wenn er so weit ist. Das tut er doch immer.«

»Bitte?« Kaylee beugte sich vor und gab ihr Bestes, um mitleidig zu wirken. »Bitte, bitte?«

»In Ordnung. Ich gehe mit dir zurück.« Ben trank sein Bier aus und wischte sich mit dem Handrücken den Schaum vom Mund. »Die Happy Hour ist sowieso vorbei.«

»Danke.« Kaylee nahm einen kurzen Schluck von ihrem eigenen Getränk, stand dann auf und ging zur Tür.

Der Rest der Gruppe tauschte Blicke aus. Sie alle wussten, wie Kaylee mit Jeremy war.

Ben seufzte und wandte sich zum Gehen. Kaylee war schon halb aus der Tür. Er beeilte sich, sie einzuholen. »Hey, warte auf mich.«

Sie brauchten nur eine Minute, um die zwei Blocks zum Phoenix zu laufen. Kaylee schritt voran wie eine Frau auf einer Mission. Als sie das Theater erreichten, bog sie links in eine schmale Gasse ein, die zwischen dem Phoenix und einem Duftkerzengeschäft im Gebäude nebenan verlief.

Sie traten durch die unverschlossene Bühnentür ein und gingen am grünen Raum und einer Betontreppe vorbei, die zu den Garderoben unter der Bühne hinunterführte. Dort unten befanden sich auch die Büros und der Zugang zum Orchestergraben. Das Treppenhaus wurde von einer einzigen Wandlampe beleuchtet. Im Vorbeigehen warf Kaylee einen Blick in die Dunkelheit, bevor sie zu einer Tür weiterging, die in den Seitenflügel führte. Dieselbe Tür, durch die sie eine Stunde zuvor das Theater verlassen hatten.

Sie machte die Tür auf und eilte auf die Bühne, aber von Jeremy war keine Spur zu sehen.

Sie machte sich auf den Weg in die Mitte der Bühne und blieb dort, mit den Händen an der Hüfte stehen. »Wo ist er?«

»Keine Ahnung«, sagte Ben. »Vielleicht ist er runter in die Umkleidekabinen gegangen.«

»Vielleicht.« Kaylee blickte sich um.

»Oder er wurde fertig und ging nach Hause.«

»Das bezweifle ich«, sagte Kaylee. »Das würde er nicht tun, ohne mir Bescheid zu sagen. Außerdem sind die Scheinwerfer noch an, und die Bühnentür ist unverschlossen.«

»Ruf ihn einfach an.« Ben schritt zum hinteren Teil der Bühne und spähte hinter die weiße Plane, die die Rückwand und die großen Türen der Laderampe verbarg, durch die die Kulissen hereingebracht wurden. Er drehte sich um und ging zurück zu Kaylee, die gerade ihr Handy herausholte.

Sie entsperrte den Bildschirm und fand Jeremys Namen in ihrer Anruferliste. »Es klingelt.«

Sie warteten.

Einen Moment lang herrschte Stille um sie herum. Dann, gerade als Kaylee dachte, der Anruf würde nicht zustande kommen, erklang eine schrille Melodie, die sie beide zusammenzucken ließ.

Kaylee erkannte die kitschige Showmelodie, die Jeremy für seinen Klingelton ausgewählt hatte. Sie hatte ihn mehr als einmal gebeten, ihn durch etwas Aktuelleres zu ersetzen. Etwas weniger Lahmes.

»Er geht nicht ran«, sagte Ben frustriert, als das Telefon aufhörte zu klingeln und sich mit der Mailbox verband.

Jeremys Stimme, die dünner klang als im wirklichen Leben, forderte sie auf, eine Nachricht zu hinterlassen.

»Das kann ich hören, du Genie.« Kaylee legte auf, bevor die Nachricht zu Ende war. »Woher kam das?«

»Ich kann es nicht sagen«, sagte Ben. »Versuche es noch einmal.«

»Moment.« Kaylee wählte erneut.

Der schrille Klingelton erklang erneut.

»Es klingt, als käme es von da vorne«, sagte Ben. »Vom Zuschauerraum.«

»Das glaube ich nicht. Es ist näher.« Kaylee machte einen Schritt nach vorn und folgte dem Geräusch. Sie erreichte den Rand der Bühne und ließ ihren Blick über die leeren Sitzreihen und die schwach beleuchteten Gänge schweifen, aber sie sah nichts. Dann, im selben Moment, als das Telefon zum zweiten Mal auf die Mailbox umschaltete, blickte sie in den abgedunkelten Orchestergraben. Er war gerade nicht in Betrieb, da ihre eigene Show keine Musiknummern enthielt. Die Notenständer und die Klappstühle aus Metall, die von den Musikern benutzt wurden, waren an den Seiten gestapelt, so dass der zentrale Bereich offen und leer war.

Nur war er nicht leer. Nicht ganz.

Eine Gestalt lag ausgestreckt auf dem harten Betonboden. Eine Gestalt, die Kaylee nur zu gut kannte, trotz des zerstörten Gesichts und dem dunklen Blut das wie ein Heiligenschein um seinen leblosen Körper versickerte. Sie hob entsetzt die Hände vor ihr Gesicht und schrie.

3

Die frischgebackene FBI-Spezialagentin Patterson Blake betrat kurz nach sieben Uhr abends das Istanbul Palace Lebanese Restaurant und Tavern im Stadtteil Queens und sah sich in dem halbvollen Speisesaal um. Sie entdeckte ihren Vater sofort, der an der Bar stand und an einer Flasche Bier nippte.

Als er sie sah, leuchteten seine Augen auf, und ging auf sie zu. »Peanut, du hast es geschafft.«

»Dachtest du, ich würde es nicht schaffen?« fragte Patterson. Sein Spitzname für sie, Peanut, war wegen ihrer Initialen. PB - wie in Peanut Butter. Er nannte sie so, seit Patterson sich erinnern konnte.

»Ich weiß es nicht. Es ist schon eine Ewigkeit her, seit ich dich das letzte Mal gesehen habe.«

»Es waren vier Monate, Dad. Kaum eine Ewigkeit.« Die Luft im Restaurant duftete nach Knefeh, einer mit Käse gefüllten Süßspeise aus dem Nahen Osten, und Markouk, einem köstlichen und delikaten Fladenbrot. Patterson lief das Wasser im Mund zusammen.

»Das ist wie ein ganzes Leben für mich. Du bist alles, was

ich in dieser Welt habe.« Er führte Patterson zurück zur Bar. »Einfach so mit deiner dummen Besessenheit abzuhauen und mich ganz allein zurückzulassen«

»Es ist keine dumme Besessenheit. Ich war in Quantico, um mich zum FBI-Agenten ausbilden zu lassen.«

»Richtig. Ein Bulle.« Ihr Vater verzog das Gesicht. »Ehrlich gesagt, weiß ich nicht, warum du dir keinen sicheren Beruf aussuchen konntest. Etwas mehr...«

»Etwas mehr was?« Patterson winkte den Barkeeper heran und bestellte eine Flasche Almaza, ein leichtes libanesisches Pilsner.

»Du weißt schon.« Ihr Vater zuckte mit den Schultern.

»Feminin?«

»Das wollte ich nicht sagen. Ich bin kein Neandertaler. Aber bewaffnet herumzulaufen und Leute zu jagen... Ich schwöre, wenn deine Mutter hier wäre, um das zu sehen...«

»Mom ist nicht tot, Dad. Sie lebt in Colorado.« Patterson schüttelte den Kopf. »Kannst du versuchen, dich für mich zu freuen? Das ist sehr wichtig für mich. Das ist, was ich tun möchte.«

»Ich freue mich für dich«, sagte ihr Vater. »Und bin auch stolz. Ich weiß, wie viel Arbeit es war, zum FBI zu kommen. Aber ich mache mir trotzdem Sorgen.«

»Ich weiß.« Patterson stellte ihr Bier auf dem Tresen ab. »Hör mal, Dad. Wie wäre es, wenn wir den heutigen Abend genießen, und morgen zeige ich dir meine neue Wohnung.«

Ihr Vater lächelte. »Das würde mir gefallen. Aber du hättest auch einfach wieder nach Hause kommen können. Es ist ja nicht so, dass ich kein Zimmer für dich hätte.«

»Dad...«

»Okay. Ich meine ja nur...«

»Ich bin kein Teenager mehr«, sagte Patterson. »Ich denke, wir brauchen beide unseren eigenen Freiraum.«

»Du hast wahrscheinlich recht.«

»Außerdem. Ich werde Tag und Nacht auf Abruf bereitstehen. Ein FBI-Agent hat nie wirklich Feierabend. Du bist zu sehr auf deine Gewohnheiten fixiert, um damit umgehen zu können.«

»Ich habe dir doch schon zugestimmt, oder nicht?« Ihr Vater nahm einen weiteren Schluck von seinem Bier. »Wie wäre es, wenn wir nun unser Abendessen genießen, und ich verspreche, dich von nun an nicht mehr zu nerven?«

»Hört sich gut an.« Patterson stieß mit ihrem Vater an und nahm einen Schluck von ihrem Bier. Und einfach so, fiel die Anspannung von ihr ab. Patterson spürte, wie sie sich entspannte. Der Knoten in ihrem Magen löste sich. Sie wusste, dass ihr Vater mit ihrer Berufswahl nicht zufrieden war, und um ehrlich zu sein, hatte sie gemischte Gefühle gehabt, sich mit ihm zum Abendessen zu treffen. Sie hatten sich immer nahegestanden, aber ihre verbissene Entschlossenheit, dem FBI beizutreten, hatte diese Beziehung in den letzten Jahren auf die Probe gestellt. Sie wusste, dass es ihn beunruhigte, und das tat ihr leid, aber es war ihr Leben, nicht seins.

»Und, wie ist der neue Job so weit?«, fragte ihr Vater. »Und keine Sorge, ich werde nicht wieder damit anfangen. Ich möchte nur wissen, wie lange es dauern wird, bis ich allen sagen kann, dass meine Tochter Direktorin des FBI ist.«

Patterson lachte und schüttelte den Kopf. »Damit musst du wohl noch eine Weile warten. Ich bin erst seit ein paar Wochen nicht mehr auf der Akademie.«

»Es schadet nie, Ziele zu haben«, sagte ihr Vater, als ein Buzzer auf der Theke vibrierte. Er blickte nach unten. »Wo wir gerade dabei sind, ich glaube, es wurde eben ein Tisch für uns frei geräumt und wir können uns setzen.«

Sie nahmen ihre Getränke und wurden von einem Kellner

zu einem Tisch in der Nähe des Fensters geführt. Nachdem sie ihr Essen bestellt hatten, kam ihr Vater wieder auf das vorherige Gespräch zurück. »Spaß beiseite, wie geht es dir in deinem neuen Job?«

»Mir geht es gut. Es macht Spaß, aber es ist meist ereignislos. Viele frühe Morgenstunden. Ich war jeden Morgen vor 7 Uhr auf dem Schießstand und habe Schießübungen gemacht, und es gibt eine Menge Schreibtischarbeit. Ich meine, *eine ganze Menge*. Aber letzte Woche war ich bei einer Razzia mit dabei. Das Büro eines Anwalts in Manhattan mit Mafia-Beziehungen. Das war aufregend. Aber der Job ist nicht wirklich so, wie man es im Fernsehen sieht. Wir sind einfach reingegangen, haben einen Durchsuchungsbefehl vorgelegt und dann seine Computer mitgenommen, während die Mitarbeiter mit verschränkten Armen dastanden und zusahen.«

»Nun, das klingt enttäuschend.« Ihr Vater lächelte. »Klingt so, als hättest du nicht einmal ein paar Türen eintreten dürfen.«

»Ich bin mir ziemlich sicher, dass das Eintreten von Türen nur ein kleiner Teil des Jobs ist«, sagte Patterson, als das Essen kam.

Sie aßen mit Genuss und konzentrierten sich hauptsächlich auf das Essen. Zwischen den Bissen unterhielten sie sich sporadisch und sprangen von Thema zu Thema. Als der Kellner die Teller abgeräumt hatte, griff ihr Vater in seine Manteltasche und holte ein Päckchen heraus, das in blaues Papier mit gelben Streifen eingewickelt war.

Er schob es ihr über den Tisch zu. »Es ist nicht so schön verpackt, wie ich es mir gewünscht hätte. Ich konnte kein Geschenkband im Haus finden.«

»Was ist das?« fragte Patterson und nahm das Überraschungspaket in die Hand.

»Ein Geschenk. Ich wollte es dir nach der Abschlussfeier von der Akademie schenken,

aber ...«

»Ich weiß. Du musstest arbeiten.«

»Es tut mir einfach sehr leid, das ist alles. Ich hätte da sein müssen, um dich zu unterstützen.«

»Auch wenn es dir nicht gefällt, dass deine Tochter FBI-Agentin ist.«

»Das habe ich nie gesagt, und wir waren uns einig, das Thema zu wechseln, schon vergessen?«

»Tut mir leid.« Patterson nahm das Geschenk und zerrte an der Verpackung. Unter den Schichten aus dünnem, glänzendem Papier befand sich ein verschnörkelter silberner Bilderrahmen mit einem Foto darin. Sie erkannte es sofort. Ihr Vater stand in einem Fluss und hielt eine Angelrute. Flankiert wurde er von zwei Mädchen. Auf der einen Seite stand die zwölfjährige Patterson, mit demselben blonden Haar, das sie auch jetzt, mit vierundzwanzig, noch hatte, nur dass es auf dem Bild kürzer war. Sie stand stolz da und hielt ihre Angelrute fest umklammert. Auf der anderen Seite stand ihre ältere Schwester Julie mit einer Angelkiste in der Hand. Trotz des Lächelns in ihrem Gesicht sah sie unbehaglich aus. Hinter der Kamera, das wusste Patterson, stand ihre Mutter. »Wow. Ich hatte diesen Ausflug ganz vergessen. Das war das Jahr, in dem du uns in die Adirondacks mitgenommen hast und uns in diesem undichten Zelt übernachten ließest, dass du von Frank Clarke gekauft hattest, der nebenan wohnte.«

»Paradox Lake. Du erinnerst dich noch.« Ihr Vater strahlte.

»Wie könnte ich das vergessen? Julie verbrachte die ganze Reise damit, sich über die Mücken zu beschweren und sich Sorgen zu machen, dass wir von einem Bären gefressen werden könnten. Sie hasste Camping so sehr.«

»Sie hasste das Angeln noch mehr. Ich glaube, das einzige Mal, dass sie mit uns ins Wasser ging, war, um für dieses Foto zu posieren.«

»Und dann mussten wir sie zurück zum Zelt bringen, damit sie sich trockene Kleidung anziehen konnte, obwohl sie nicht wirklich nass geworden war. Sie hatte doch Wathosen an.«

»Die sie nach diesem Tag nie wieder trug.« Pattersons Vater lachte. »Ich hätte auf deine Mutter hören, und mir die Mühe sparen sollen. Ich hätte das Geld stattdessen für Angeln ausgeben können.«

»Aber dann hätten wir dieses Bild nicht«, sagte Patterson und lächelte. Sie schaute auf das Foto, auf dem sie zu dritt waren. »Das war der letzte gemeinsame Ausflug, bevor sie aufs College ging.«

»Stimmt, das war er.«

»Ich vermisse Julie.« Patterson berührte den Rahmen, eine Träne drückte sich in ihren Augenwinkel. »Ich vermisse sie so sehr.«

»Ich auch, Peanut.« Das Gesicht ihres Vaters wurde von Traurigkeit überzogen, doch dann schüttelte er sie ab und zwang sich zu einem Lächeln. »Um Himmels willen. Ich wollte dich mit diesem Bild nicht erschüttern. Ich wollte dich nur daran erinnern, dass hinter jedem Verbrechen echte Menschen stehen, Familien wie wir. Dass jeder Fall, den du lösen wirst, jemandem in Not Frieden bringen kann.«

Patterson nickte. »Deshalb bin ich zum FBI gegangen.«

»Solange du es nie vergisst.«

»Das werde ich nicht.« Patterson schaute auf ihre Uhr. »Verdammt. Es ist schon spät, und ich muss morgen früh raus.«

»Wenn das so ist, sollten wir dich besser nach Hause in

deine schicke neue Wohnung bringen. Ihr Vater winkte dem Kellner zu, um die Rechnung zu verlangen.

»Lass mich.« Patterson griff nach ihrer Handtasche.

»Unsinn. Dies ist eine Feier zu ehren deines Erfolges. Das hier geht auf mich. Und dann begleite ich dich zurück zur U-Bahn.«

»Das ist nicht nötig. Geh nach Hause. Ich kann allein gehen.«

»Das kommt nicht in Frage. Du magst jetzt ein Cop sein, aber diese Straßen sind nicht sicher, und du bist immer noch meine Tochter.«

»In Ordnung.« Patterson wusste es besser, als zu widersprechen. »Aber nur bis zur U-Bahn. Und das nächste Mal zahle ich.«

»Heißt das, dass das eine regelmäßige Sache werden wird?«

»Wenn du es willst«, sagte Patterson. »Das würde mir gefallen.«

»Mir auch«, sagte ihr Vater, als der Kellner die Rechnung brachte. »Aber wir essen nur in Queens. Du weißt, was ich von Brooklyn halte.«

»Ich weiß, obwohl ich nicht verstehe, warum.« Patterson lachte.

»Zu viele Hipster.« Ihr Vater ließ ein Bündel Bargeld auf den Tisch fallen, um das Essen zu bezahlen, und stand dann mit einem Grunzen auf. »Komm, bringen wir dich nach Hause.«

4

Patterson fuhr mit der U-Bahn zurück zu ihrer Wohnung im zweiten Stock eines Sandsteinhauses im Queens-Viertel Astoria. Es war spät, und es war kaum jemand in der Bahn. Die wenigen anderen Fahrgäste im Waggon schenkten ihr keinen zweiten Blick. Sie stieg an der Haltestelle Ditmars Boulevard aus und ging die letzten paar Blocks zu ihrer Wohnung, wobei sie an dem ihr vom FBI zugewiesenen Auto vorbeikam, das vor dem Gebäude am Bordstein parkte. Der Wagen durfte nur für dienstliche Zwecke benutzt werden, weshalb Patterson mit der U-Bahn fahren musste.

Patterson machte sich auf den Weg ins Innere des Gebäudes und zu ihrer Wohnung. Sie war müde und freute sich auf eine lange, heiße Dusche. Sie schloss die Wohnungstür auf und schaltete das Licht ein. Als sie ihren Flur betrat, klingelte ihr Telefon. Sie holte es aus ihrer Handtasche und schaute auf die eingehende Nummer. Es war ihr neuer Chef, Jonathan Grant. Sie tippte auf das Telefon, um es zu beantworten und hielt es dann an ihr Ohr.

»Grant?«, sagte sie und spürte, wie die Chance auf eine

heiße Dusche schwand. Als FBI-Agentin war sie nie wirklich außer Dienst. Ein Anruf konnte zu jeder Tages- und Nachtzeit kommen. Jetzt schien ihre Entscheidung, kein zweites Bier zum Abendessen zu trinken, klug gewesen zu sein, vor allem wegen ihres Status als Neuling. »Was kann ich für Sie tun?«

»Special Agent Patterson.« Grants Stimme kam müde über die Leitung. »Wo sind Sie jetzt gerade?«

»Ich bin zu Hause. Ich wollte gerade kurz duschen und dann ins Bett gehen. Warum?«

»Machen Sie sich lieber eine Tasse Kaffee. Machen Sie ihn stark. Sie werden noch eine Weile länger wach sein müssen. Es hat einen Mord gegeben. Sie sind ab sofort im Dienst.«

»Oh. Wow.« Patterson merkte sofort, dass ihre Antwort seltsam klang, aber dies würde ihr erster richtiger Tatort sein. Sie spürte ein Kribbeln der Aufregung, das sich mit Befürchtungen vermischte. »Wo soll ich hinkommen?«

»Montauk. Das Phoenix-Theater auf der Main Street«.

»Alles klar. Mein Bucar steht draußen«, sagte Patterson und benutzte den Behördenjargon für das FBI-Fahrzeug, das ihr an dem Tag zugewiesen wurde, an dem sie in der New Yorker Außenstelle ankam, frisch aus Quantico. »Geben Sie mir fünf Minuten, um den Kaffee zu machen, dann mache ich mich auf den Weg.«

»Nehmen Sie sich zehn Minuten«, sagte Grant. »Wir fahren zusammen mit meinem Auto. Ich komme vorbei und hole Sie ab. Ich bin schon auf dem Weg aus der Stadt. Ich fahre gerade über die Queensboro Bridge.«

»Okay«, sagte Patterson überrascht. »Meine Adresse ist...«

»Ich weiß, wo Sie wohnen. Ich bin in weniger als fünfzehn Minuten da.«

»Woher...«

»Ich bin Ihr Vorgesetzter. Ich weiß, wo alle meine Agenten wohnen.«

»Entschuldigung.« Patterson kam sich dumm vor. »Ich werde auf Sie warten, wenn Sie kommen.«

»Perfekt«, sagte Grant. »Und bringen Sie Ihre Go Bag mit. Sie werden sie brauchen.«

»Bleiben wir über Nacht?« fragte Patterson. Alle Agenten hatten in ihrem Kofferraum eine Tasche mit dem Nötigsten. Offiziell als »Go Bag« bezeichnet, enthielt sie Kleidung und Toilettenartikel für mehrere Tage, zusätzliche Magazine mit hoher Kapazität und extra Kugeln für ihre Glock-Pistole, eine Baseballkappe des FBI, die obligatorische Windjacke mit den gelben Buchstaben FBI auf dem Rücken und Handschellen - sowohl normale als auch flexible. Außerdem gab es eine kugelsichere Weste. Ihr Ausbilder für Verteidigungstaktik in Quantico hatte ihr die Wichtigkeit dieser Tasche deutlich vor Augen geführt. Sie fragte sich, warum Grant wollte, dass sie die Tasche jetzt mitnahm. »Wir fahren doch nur nach Montauk. Wir können doch einfach zurückfahren, wenn wir fertig sind.«

»Sind Sie jemals auf dem Long Island Expressway gefahren?«

»Ich verstehe.« Patterson war in Ozone Park aufgewachsen und kannte den LIE nur zu gut. Wenn man ihn zur falschen Tageszeit erwischte, war es, als befände man sich auf einem Parkplatz. Die Straße war berüchtigt für Staus.

»Wenn Sie jetzt damit fertig sind, meine Entscheidungsfähigkeit in Frage zu stellen, schlage ich vor, dass Sie Kaffee kochen gehen.« In Grants Stimme lag nicht die geringste Spur von Irritation. Wenn überhaupt, dann klang er amüsiert. »Meinem GPS zufolge werde ich in elf Minuten und vierunddreißig Sekunden vor Ihrem Gebäude sein, und ich erwarte, dass Sie dann bereits warten.«

»Verstanden. Wir sehen uns draußen.« Patterson beendete das Gespräch und steckte das Telefon zurück in ihre Tasche.

Sie tastete mit ihrer Hand nach der leichten Ausbuchtung unter ihrem Mantel und vergewisserte sich, dass ihre Glock immer noch in ihrem Schultergurt saß, der sich eng an ihren linken Brustkorb schmiegte, obwohl sie wusste, dass sie es sein würde. Sie eilte ins Schlafzimmer und schlüpfte aus dem schwarzen Rock, den sie bisher getragen hatte, und tauschte ihn gegen eine Jeans aus. Dann schnallte sie sich ein Knöchelholster mit einer Glock 27 Subcompact an die linke Beininnenseite. Dies war ihre Ersatzwaffe. Sie schob das Hosenbein ihrer Jeans nach unten, um die Waffe zu verbergen, und machte sich auf den Weg in die Küche, wo sie Kaffee aufbrühte und ihn in einen Reisebecher goss.

Dann ging sie zur Tür und schaltete das Licht in der Wohnung wieder aus. Unten schnappte sie sich die Reisetasche aus dem Kofferraum des FBI-Autos und stand schon eine Minute vor Grants Ankunft am Bordstein.

5

Ich verstehe das nicht. Das scheint doch eher ein Job für die örtlich zuständigen Jungs zu sein«, sagte Patterson, als sie in Jonathan Grants Auto saß mit ihrer Reisetasche auf dem Rücksitz. Es war fast Mitternacht, und die Straßen waren dunkel und leer. Sie fuhren auf dem Long Island Expressway nach Osten in Richtung Montauk. Grant hatte sie gerade informiert. Es ging um einen Mord in einem Sommertheater. Der Autor und Regisseur eines Theaterstücks, das in der nächsten Woche aufgeführt werden sollte, war ermordet worden, nachdem er nach der Probe geblieben war, um an dem Stück zu arbeiten. Zwei Mitglieder des Ensembles hatten sich Sorgen gemacht und waren zurückgekehrt, um zu sehen, warum er so lange brauchte, um sich mit ihnen in einer Bar um die Ecke zu treffen, und entdeckten seine erschlagene Leiche. »Das FBI mischt sich doch selten so schnell in solche Fälle ein. Warten wir normalerweise nicht, bis unsere Hilfe angefordert wird? Wenn ich mich nicht täusche.«

»Sie täuschen sich nicht«, sagte Grant. Er warf einen Seitenblick auf sie, ihre grünen Augen fingen das Licht einer

Straßenlaterne ein, an der sie vorbeifuhren. »Aber das ist kein gewöhnlicher Fall. Ich bin sicher, Sie wissen, wer Marilyn Kahn ist.«

»Wer kennt sie nicht?« antwortete Patterson. Marilyn Kahn war die leitende Spezialagentin, kurz SAC, der Kriminalabteilung in der Außenstelle New Yorks. Sie war sowohl Pattersons als auch Grants Vorgesetzte. »Was hat sie mit der Sache zu tun?«

»Ihre Schwester Aimee ist im Vorstand des Theaters«, sagte Grant. »Eigentlich ist sie die stellvertretende Vorsitzende.«

»Ich verstehe immer noch nicht...«, begann Patterson, bevor Grant sie unterbrach.

»Kahns Familie ist altes Geld. Sie ist in den Hamptons aufgewachsen. Sie haben viel Macht, und das nicht nur, weil Marilyn beim FBI die Ränge aufsteigt. Ihr Vater war Senator, ebenso wie ihr Großvater. Aimee ist mit Clark Bradford verheiratet. Er ist einer der Gründungspartner der Anwaltskanzlei Gillibrand, Bradford und Clarkson. Sie sind prominente Unternehmensanwälte mit engen politischen Verbindungen in DC. Sie vertreten mehrere politische Persönlichkeiten mit Einfluss auf Spitzenpositionen in der Behörde. Viele dieser Politiker sind auch in wohltätige Projekte involviert.«

»So wie Gönner des Phoenix Theaters«, sagte Patterson.

»Ganz genau. Marilyn wittert eine Chance, auf deren Radar zu kommen.«

»Oder will sie vielleicht nur ihrer Schwester helfen?«

Grant lachte. »Marilyn Kahn ist rücksichtslos in ihrem Ehrgeiz. Glauben Sie mir, hier geht es mehr darum, mächtige Beziehungen zu knüpfen, als der Familie zu helfen.«

»Ah. Wir tauchen nur auf, um gesehen zu werden.«

»Ganz im Gegenteil«, sagte Grant. »Ich beabsichtige,

diesen Mord zu untersuchen, wie jedes andere Verbrechen auch. Marilyn Kahn mag uns und die New Yorker Außenstelle für ihre Zwecke benutzen, aber das bedeutet nicht, dass wir unsere Arbeit nicht machen sollten.«

»Und was hält die zuständige Polizei davon, dass wir hier so plötzlich auftauchen?«

»Ich kann mir nicht vorstellen, dass jemand etwas dagegen hat.« Grant warf einen Seitenblick auf Patterson; sein Gesicht leuchtete kurz auf, als sie an einer Straßenlaterne vorbeifuhren, bevor es wieder in den Schatten fiel. »Wir haben im Allgemeinen ein gutes Verhältnis zu den jeweils zuständigen Polizeibehörden. Ich bin sicher, dass sie sich über die Hilfe freuen werden.

»Wahrscheinlich.« Patterson schwieg einige Augenblicke, bevor sie wieder das Wort ergriff. »Ich bin neugierig. Warum nehmen Sie mich mit?«

»Warum nicht?« Grant richtete seine Aufmerksamkeit wieder auf die Straße. »Sie sind eine FBI-Agentin.«

»Kaum aus der Akademie heraus. Es muss doch qualifiziertere Agenten geben, die Sie mitnehmen könnten. Leute mit mehr Erfahrung in Mordermittlungen.«

»Genau deshalb habe ich Sie ausgewählt. Es sollte einfach zu erledigen sein, und Sie müssen Erfahrung sammeln. Sind Sie nervös?«

»Ein wenig«, gab Patterson zu. »Mein einziger Einsatz war bisher die Razzia in Manhattan. Das war ziemlich langweilig, um die Wahrheit zu sagen.«

»Willkommen beim FBI«, sagte Grant lachend. »Man ist weniger ein Actionheld als ein Büroangestellter mit einem coolen Abzeichen. Als ich aus der Akademie kam, dauerte es drei Monate, bis ich an einer aktiven Mordermittlung teilnahm. Ich war so nervös, dass ich dachte, ich müsste kotzen.«

»So schlimm ist es nicht«, sagte Patterson mit einem Grinsen.

»Wir werden sehen.« Grant verließ den Expressway und bog rechts auf eine Straße ab, die sie zum State Highway 27 führte. Von dort aus war es nur noch ein Katzensprung bis Montauk. »Sagen Sie mal, haben Sie schon mal eine Leiche gesehen?«

»Sicher. Mehr als eine«, antwortete Patterson. »Auf der Leichenfarm.«

»Das ist nicht dasselbe«, sagte Grant. Die »Leichenfarm«, offiziell »Forensic Anthropology Center« genannt, war eine Einrichtung in Knoxville, Tennessee. Anhand echter Leichen, die von ihren früheren Besitzern oder den Verwandten einer kürzlich verstorbenen Person gespendet wurden, schulte das Zentrum Strafverfolgungsbehörden wie das FBI, an fiktiven Tatorten, wie man forensische Beweise von Leichen sammelt. »Ich meine ein echtes Mordopfer.«

»Nein, das habe ich nicht«, gab Patterson zu. »Aber wie anders kann es schon sein?«

»Das ist ein himmelweiter Unterschied«, sagte Grant. »Sie haben es hier nicht mit einer sauber aufgebarten Leiche zu tun, die der Wissenschaft gespendet wurde. Dies ist eine Person, die noch am Leben sein sollte. Jemand, dessen Leben ihm Rücksichtslos entrissen wurde. Die Gewalt ist nicht inszeniert. Sie ist real, und sie geht ans Herz. Nicht jeder kommt beim ersten Mal gut damit klar.«

Patterson verfiel in Schweigen. Sie saß steif auf ihrem Sitz, starrte durch das Beifahrerfenster und beobachtete die vorbeiziehende dunkle Landschaft. In ihrem Magen bildete sich ein fester Knoten des Grauens, der durch Grants Worte noch verstärkt wurde. Sie wusste nicht, was sie in den nächsten Stunden erwarten würde, aber sie hatte das Gefühl, dass es ihre Einstellung für immer verändern würde.

6

Auf der Hauptstraße von Montauk herrschte reges Treiben, denn vor dem Phoenix-Theater, das zu dieser Stunde eigentlich verschlossen und ruhig sein sollte, parkten nun Polizeifahrzeuge, eine forensische Einheit, ein mobiler Kommandowagen und ein Krankenwagen. Polizeilichter tanzten über die umliegenden Gebäude und tauchten die ganze Szene in surreale Rot- und Blautöne. An jedem Ende des Blocks stand ein Streifenwagen von Suffolk County, neben eilig errichteten Barrikaden, die von einem uniformierten Beamten bewacht wurden.

Als Grant vorfuhr und seinen FBI-Ausweis vorzeigte, zog der Beamte die Barrikade zurück und beobachtete, wie sie die Straße hinunterfuhren und gegenüber dem Theater neben einem Gebäude parkten, in dem sich eine Boutique für Urlaubsbekleidung und ein mediterranes Restaurant befanden.

Patterson kletterte aus dem Auto. Sie stand da und wartete auf Grant, während ihr Blick über die seltsamen

Szenarien schweifte. Eine Gruppe von Polizeibeamten unterhielt sich auf dem Bürgersteig. Ein nicht gekennzeichneter Wagen, der sicher zu einer Mordkommission gehörte, parkte schräg neben den Türen des Theaters, in seinem Kühlergrill blinkten blaue Lichter. Zwei Sanitäter standen mit verschränkten Armen da und warteten darauf, einen Patienten zu empfangen, dem sie längst nicht mehr helfen konnten. Ein Mann in weißem Overall kam aus einer Gasse zwischen dem Theater und dem Gebäude nebenan und trug etwas, das wie ein großer Werkzeugkasten aussah. Ein Kriminaltechniker. Er ging zu einem Lieferwagen und stellte den Werkzeugkasten hinein, dann drehte er sich um und verschwand wieder in der Gasse.

»Sind Sie bereit?« fragte Grant, als er aus dem Auto stieg und sie über das Fahrzeugdach hinweg ansah.

»So bereit, wie ich nur sein kann«, antwortete Patterson. Sie atmete tief durch, ging vorne um das Auto herum und trat vom Bürgersteig auf die Straße. Dabei ließ sie ihren Blick über das geschlossene und dunkle mediterrane Restaurant zu ihrer Rechten schweifen und dachte abwesend daran, dass ihr Vater dort gerne essen würde. Er liebte griechisches Essen. Sie musste sich das merken und vorschlagen, eines Tages dort zu essen. Aber im Moment gab es einen Mord zu untersuchen. Patterson beeilte sich, zu Grant zu stoßen, und gemeinsam gingen sie zum Theater hinüber, betraten die Gasse und fanden sich bald an einer Bühnentür wieder, die mit einem Ziegelstein weit offengehalten wurde.

Ein Mann in einem zerknitterten Anzug stand in der Tür, eine Hand tief in die Tasche gesteckt, in der anderen hielt er einen Zigarettenstummel. Die Dienstmarke, die an seinem Gürtel hing, wies ihn als Detektiv aus. Er sah müde aus und hatte dunkle Tränensäcke unter den Augen. Als er Patterson und Grant sah, richtete er sich mit einiger Mühe auf.

»Sie müssen FBI sein«, sagte er, wobei er sich auf Grant konzentrierte und Patterson ignorierte.

»Wir sind beide vom FBI.« Sagte Grant, ohne sich die Mühe zu machen seine Verärgerung darüber zu verbergen, dass der Detektiv Patterson ignoriert hatte.

»Richtig.« Die Augen des Detektivs rollten seitwärts zu Patterson, dann schaute er wieder zu Grant. Er streckte seine Hand aus. »Detektiv Ahlstrom. Mordkommission Suffolk County.«

»Supervisory Special Agent Jonathan Grant. Mein Partner ist Special Agent Patterson Blake.«

»Freut mich, Ihre Bekanntschaft zu machen«, sagte Ahlstrom ohne Begeisterung. Der Detektiv leckte sich über die Lippen und blickte über seine Schulter in den Innenraum des Theaters, dann wieder zurück zu den Agenten. »Soll ich Ihnen jetzt vielleicht den Tatort zeigen?«

»Das wäre schön«, antwortete Grant.

Ahlstrom nickte, bewegte sich aber nicht, um sie vorbeizulassen. Stattdessen trat er zur Seite, um einem Forensiker zu erlauben, das Gebäude zu verlassen, und nahm dann wieder seine Position ein, um die Tür zu blockieren. »Wissen Sie, ich kann mir beim besten Willen nicht erklären, was Sie beide hier wollen.«

»Wir befolgen nur Befehle, genau wie Sie«, sagte Grant.

»Ja. Nur, dass Sie im Moment nichts anderes tun, als unsere Arbeit zu verzögern. Wir sind seit zwanzig Minuten bereit, die Leiche abzutransportieren, aber die Verantwortlichen haben uns gesagt, wir müssten auf Sie beide warten. Entweder gibt es hier einen Bundesweiten Aspekt, über den wir nicht informiert wurden, oder jemand will sich durch die Tragödie mit Ruhm bekleckern.«

Grant zuckte mit den Schultern. »Davon weiß ich nichts.«

»Je eher Sie uns den Tatort zeigen, desto schneller können

Sie die Leiche wegschaffen«, sagte Patterson und stellte sich genau vor den Detektiv. »Es sei denn, Ihre Zigarettenpause ist noch nicht vorbei.«

Ahlstrom sah sie einen Moment lang an, seine Augen verengten sich, dann drehte er sich um und zog sich in das Gebäude zurück, wobei er ihnen ein Zeichen gab, ihm zu folgen. »Na dann los, bringen wir es hinter uns.«

Als sie eintraten, beugte sich Grant dicht zu Patterson, so dass sein Mund nahe an ihrem Ohr war, und flüsterte halblaut. »Gute Arbeit, den Kerl in seine Schranken zu weisen.«

»Es war mir ein Vergnügen«, sagte Patterson und konnte sich ein Lächeln nicht verkneifen.

Falls der Detektiv es gehört hatte, zeigte er es nicht. Stattdessen führte er die beiden FBI-Agenten hinter die Bühne. Sie kamen an einem Raum vorbei, an dessen Tür ein Schild mit der Aufschrift »*Kostüme*« hing und der mit Kleiderständern überladen war. Dahinter sah sie mehrere Nähmaschinen und einen großen Tisch, der mit Stoffballen bedeckt war. Als sie weitergingen, gelangten sie zu einer Betontreppe, die in das Innere des Theaters hinunterführte. Patterson warf im Vorbeigehen einen Blick auf den Kostümraum und seinen Inhalt, dann folgte sie Grant und Ahlstrom die Treppe hinunter.

Sie durchquerten einen kurzen Korridor mit Umkleidekabinen auf beiden Seiten und kamen zu einer Tür, durch die Patterson eine Frau in weißen Overalls mit der Aufschrift CSI und ein paar uniformierte Polizisten sehen konnte. Ein Fotograf hielt sich mit einer digitalen Spiegelreflexkamera um den Hals auf dem Flur neben der Tür auf. Ein Ringblitz umkreiste das Objektiv. Er lehnte sich an die Wand, um sie passieren zu lassen.

Die Technikerin am Tatort blickte auf, als sie sich näherten, dann wandte sie sich ab und richtete ihren Blick nach unten auf den Boden.

Ahlstrom erreichte die Tür und blieb stehen, um Grant und Patterson den Vortritt zu lassen.

»Machen Sie sich auf was gefasst, es ist furchtbar«, sagte er mit ernster Stimme, als sie auf gleicher Höhe mit ihm waren.

Der Raum hinter der Tür war nicht das, was Patterson erwartet hatte. Eine niedrige Decke überragte die erste Hälfte des Raums, während der Rest nach oben offen war. Die hintere Wand war nur halb so hoch. Dahinter konnte sie Stuhlreihen sehen, die in der Dunkelheit verschwanden, und weiter weg eine zweite Ebene, die sich über der ersten wölbte. Der Zuschauerraum des Theaters. Sie erkannte nun, dass sie im Orchestergraben standen.

Er wurde von schummrigen Deckenleuchten beleuchtet, die an der überhängenden Decke befestigt waren, die, wie Patterson jetzt erkannte, das Vorfeld der darüber liegenden Bühne bildete. Hinzu kamen Halogenlampen, die auf Stativen standen und alles in strahlend weißes Licht tauchten. Diese waren vom Forensik Team aufgestellt worden. Aber es war das, was die Lampen beleuchteten, dass sie innehalten ließ.

Der Körper eines Mannes.

Er lag ausgestreckt auf dem harten Betonboden, umgeben von einem dunklen See aus zäher Flüssigkeit, von der Patterson wusste, dass es sich um Blut handelte. Sie starrte auf den Leichnam und war zunächst nicht in der Lage zu begreifen, was sie da sah, doch dann wurde ihr der wahre Schrecken der Szene bewusst. Das Gesicht des Mannes fehlte, es war eingedrückt, es war nur noch ein blutverschmierter, konkaver Brei übrig. Sie spürte, wie ihr die Galle in die Kehle stieg. Sie spürte, wie sich ihre Brust zusammenzog. Dann stolperte Patterson rückwärts aus dem Raum und floh den Korridor zurück, ohne anzuhalten, bis sie den Fuß der Treppe erreicht hatte, die zu dem Bühneneingang führte, durch den sie das Gebäude betreten hatten. Hinter ihr kicherte Detektiv Ahlstrom.

7

Patterson blieb am Fuß der Treppe stehen und atmete mehrmals tief durch. Ihr Herz raste, und sie glaubte, sich übergeben zu müssen, aber nach einer Minute ließ das Schlimmste nach.

»Alles klar bei Ihnen, Partner?«

Sie sah sich um und erblickte Grant, der mit einem besorgten Gesichtsausdruck auf sie zueilte. Sie nickte. »Mir geht's gut. Ich wurde nur überrumpelt, das ist alles.«

»Hey, Sie brauchen sich nicht zu entschuldigen. Das passiert auch den Besten von uns.« Grant ging auf sie zu und blieb ein paar Meter vor ihr stehen. »Sobald so etwas aufhört, Sie zu beeinflussen, ist es Zeit, aus dem Spiel auszusteigen.«

»Es war unprofessionell.«

»Nein.« Grant schüttelte den Kopf. »Es war ehrlich.«

»Hat Detektiv Ahlstrom das auch so gesehen?« Patterson ballte die Fäuste, als sie daran dachte, dass der Detektiv über ihre Reaktion gelacht hatte.

»Scheiß auf ihn.« Grant trat einen Schritt näher. Er zog

eine Augenbraue hoch. »Interessiert es Sie wirklich, was dieser Idiot denkt?«

»Nein«, gab Patterson zu. »Aber es ist mir wichtig, meinen Job zu machen, ohne auszuflippen.«

»Wissen Sie noch, was ich vorhin gesagt habe?« fragte Grant. »Im Auto auf dem Weg hierher.«

»Dass die Leichenfarm nicht wie das wirkliche Leben ist?«

»Genau.« Grant lehnte sich gegen die Wand und verschränkte die Arme. »Glauben Sie, dass Sie der einzige Neuling sind, der beim Anblick seines ersten Mordopfers zurückschreckt?«

»Vielleicht.« Patterson war mehr wütend auf sich selbst als alles andere. Sie wollte beweisen, dass sie die Aufgabe bewältigen konnte, und war stattdessen wie ein verängstigtes Schulmädchen davongerannt.

»Nun, das sind Sie nicht. Ich habe gesehen, wie Männer, die dreimal so groß sind wie Sie, bei ihrer ersten Mordermittlung den Schwanz einzogen. Das ist ganz normal. Wenn Sie nicht schockiert wären, würde ich denken, dass mit Ihnen etwas nicht stimmt.«

»Sie versuchen nur, mich zu beruhigen.«

»Ich kann Ihnen versichern, dass das das Letzte ist, was ich tun werde«, sagte Grant. »Wenn ich der Meinung wäre, dass Sie es im Einsatz nicht schaffen, würde ich diese Information weitergeben, und Sie wären weg. Das ist nicht der Fall. Es ist eine normale menschliche Reaktion auf die brutale Realität eines gewalttätigen Tatorts. Sie werden lernen es besser kontrollieren zu können, aber die Empörung, die Sie empfinden, weil einem Menschen das Leben genommen wurde, beweist, dass Sie Mitgefühl haben. Lassen Sie sich das niemals entgleiten.«

»Ich werde mein Bestes tun.« Patterson glaubte nicht, dass sie jemals in der Lage sein würde, keine Trauer an einem

Tatort wie den, den sie gerade betreten hatten, zu empfinden, aber gleichzeitig musste sie ihre Reaktion besser in den Griff bekommen. Sie riss sich zusammen und sah Grant an. »Wir sollten da wieder reingehen.«

»Sind Sie sich da sicher?« Grant beobachtete sie mit zusammengekniffenen Augen. »Ich kann das Übernehmen, wenn Sie mehr Zeit brauchen.«

»Nein.« Patterson trat von der Treppe zurück in Richtung Orchestergraben. »Ich gebe diesem schwachsinnigen Detektiv nicht die Genugtuung zu glauben, dass er mit mir richtig liegt. Ich schaffe das.«

»Gut für Sie.« Grant lächelte und ging mit ihr Seite an Seite zurück zum Korridor.

Als sie die Tür zu dem Orchestergraben erreichten, versperrte Ahlstrom den Weg. Als er sich umdrehte, blitzte ein Anflug von Überraschung - oder vielleicht war es auch schlecht versteckter Ärger - in seinem Gesicht auf.

»Wollen Sie noch mehr, kleine Lady?« fragte er, wobei sich seine Mundwinkel zu einem leichten Grinsen verzogen. Sein Blick wanderte zu Grant. »Kann nicht genug davon bekommen, was?«

»Special Agent Blake macht ihren Job«, erwiderte Grant, wobei sein eigener Tonfall keinen Zweifel an seiner Meinung zu den Worten des Detektives ließ. »Und im Moment behindern Sie sie dabei.«

»Na dann entschuldigen Sie mich. Lassen Sie mich zur Seite treten, damit sie freie Sicht hat.« Ahlstrom schob sich zwischen die beiden Agenten und drückte sich in dem engen Korridor gegen Patterson.

Sie nahm einen Hauch von Knoblauch an seinem Atem wahr, drehte den Kopf weg und zog ihre Brust gegen die unwillkommene und aufdringliche Berührung ein.

Da der Eingang nun frei war, wies Grant Patterson an, den Weg zurück in die Grube zu gehen.

Ihre Reaktion auf das Opfer war beim zweiten Mal genauso heftig wie beim ersten Mal, aber jetzt war sie gewappnet und schluckte die Welle des Entsetzens hinunter, die sie beim Anblick der Leiche überkam.

»Was denken Sie?« fragte Grant, der hinter ihr auftauchte und eine beruhigende Hand auf ihre Schulter legte. »Der erste Eindruck?«

»Offensichtlich wurde dieser Mann ermordet. Mit einem stumpfen Gegenstand zu Tode geprügelt«, sagte Patterson und deutete auf das zerstörte Gesicht, das nun leblos aus dem einen Auge starrte, das noch zu erkennen war. Ihr Blick glitt von der Leiche zu einem Gegenstand, der in der Nähe im Blut lag. Ein schwerer Klauenhammer. »Und ich schätze, wir müssen nicht lange nach der Mordwaffe suchen.«

»Und weiter?« drängte Grant.

»Dies ist ein Verbrechen aus Leidenschaft. Bei dem Gewicht des Hammers hätte der Täter sein Opfer mit nur wenigen Schlägen erledigen können, doch er schlug so lange zu, bis das Gesicht fast völlig zerstört war. Das Opfer wäre tot gewesen, bevor auch nur die Hälfte des Schadens angerichtet worden wäre. Der Schädel ist nicht nur angeknackst, er ist zertrümmert. Eine Seite des Kopfes dieses Mannes wurde zu Brei verarbeitet.«

»Und was sagt Ihnen das?«

»Unser Angreifer war zum Zeitpunkt des Vorfalls voller Wut«, fasste Patterson ihre Beobachtungen am Tatort zusammen. »Es würde mich wundern, wenn unser Opfer einen Eindringling erschreckt hätte oder wenn es sich um einen schiefgelaufenen Raubüberfall gehandelt hätte. Der Täter hatte die Absicht, diesen Mann zu töten. Er ist zu diesem Zweck hierhergekommen. Selbst wenn der eigentliche Mord nicht vorsätzlich begangen wurde, so bestand jedoch die Absicht, ihn anzugreifen. Ich würde vermuten, dass es eine persönliche Verbindung zwischen dem Opfer und dem Täter gibt.«

»Sehr gut.« Grant nickte. »Das habe ich auch gedacht. Die meisten Morde werden von Leuten begangen, die das Opfer kennt, vor allem, wenn es Anzeichen für starke Emotionen gibt.«

»Ein Mitarbeiter oder ein Familienmitglied?« sagte Patterson. »Jemand, der wusste, dass er allein hier sein würde. Seine Gewohnheiten kannte.«

»Das ist ein guter Anfang.« Grant wandte sich an den Detektiv, der mit einer nicht angezündeten Zigarette zwischen den Fingern an der Wand im Korridor lehnte. »Wo ist die junge Frau, die diesen Mord gemeldet hat?«

»Nicht mehr hier«, sagte Ahlstrom. »Wir haben sie entlassen, und sie ist nach Hause gegangen. Sie befand sich in einem furchtbaren Zustand. Wir konnten sie kaum dazu bringen, sich zu beruhigen und eine Aussage zu machen. Der Typ, mit dem sie kam, ist auch weg.«

»Sie haben sie gehen lassen?« fragte Grant ungläubig. »Woher wissen Sie, dass sie nichts damit zu tun haben?«

Der Detektiv zuckte mit den Schultern. »Wir haben ihre Adressen. Wenn die Beweise darauf hindeuten, dass einer der beiden Verdächtig ist, können wir sie verhaften.«

»Und wenn sie flüchten?«

»Entspannen Sie sich. Die zwei haben das nicht getan.«

»Und woher wissen Sie das?«

»Weil ich Menschen lesen kann. Ich bin ein guter Menschenkenner. Ich mache diesen Job schon sehr lange.«

»In Ordnung.« Grant nahm eine Visitenkarte mit dem FBI-Siegel auf der Vorderseite aus seiner Tasche und reichte sie Ahlstrom. »Meine Handynummer und meine E-Mail-Adresse stehen beide auf dieser Karte. Wenn Sie einen Moment Zeit haben, schicken Sie mir bitte die Aussagen von den beiden Zeugen.«

»Sicher, wenn ich Zeit habe.« Der Detektiv streckte die Hand aus und nahm die Karte, faltete sie und steckte sie in seine Tasche. »Könnte eine Weile dauern. Ich habe einen Tatort zu bearbeiten.«

»Ich erwarte Ihre Nachricht spätestens heute Abend, wenn es Ihnen nichts ausmacht«, antwortete Grant. »Und wenn Sie schon dabei sind, können Sie mir auch die Tatortfotos per E-Mail schicken.«

»Soll ich Ihnen auch noch eine Tasse Kaffee holen?« fragte Ahlstrom und seine Augen wurden dunkel. »Da ich euch allen hinterherlaufe.«

»Nein.« Grant ließ sich von dem Sarkasmus nicht beeindrucken. »Aber ich will den Bericht des Gerichtsmediziners, sobald Sie ihn haben.« Er wandte sich an Patterson. »Kommen Sie, lassen Sie uns hier verschwinden.«

»Wirklich? Wir sind doch gerade erst angekommen.« Patterson warf einen Blick auf die Leiche. »Sollten wir nicht bleiben und den Tatort untersuchen?«

»Der Detektiv scheint alles unter Kontrolle zu haben«, antwortete Grant. Er sah Ahlstrom an. »Ist das nicht so?«

»Sicher.«

»Da haben Sie es.« Grant wandte seine Aufmerksamkeit wieder Patterson zu, vergewisserte sich aber, dass der Detektiv seine Worte hörte. »Und er wird uns sicher über alle neuen Informationen oder sachdienlichen Hinweise auf dem Laufenden halten.«

Der Detektiv nickte, sagte aber nichts.

Grant hätte fast gelächelt, unterließ es aber dann. »Sehen Sie? Wir werden hier nicht gebraucht. Lassen Sie uns eine Übernachtungsmöglichkeit suchen. Es ist schon spät, und ich bin müde.« Damit drehte er sich um und schritt den Korridor entlang zurück zum Ausgang.

Patterson warf einen Blick zurück auf die Leiche, spürte, wie sich ihr Magen wieder zusammenzog, und riss dann ihren Blick davon los. Als sie ihre Fassung wiedererlangt hatte, nahm sie eine ihrer eigenen Visitenkarten heraus und hielt sie dem Detektiv hin.

»Setzen Sie mich mit auf die E-Mail an Agent Grant«, sagte sie mit der ganzen Autorität, die sie aufbringen konnte.

Ahlstrom riss ihr die Karte aus der Hand. »Ich werde sehen, was ich tun kann.«

»Gut«, antwortete Patterson mit einer gewissen Genugtuung, dann drehte sie sich um und eilte ihrem Partner hinterher.

8

Was sie fanden, war ein Motel am Highway. Es war ähnlich wie andere billige Motels abseits der Autobahn, in denen Patterson im Laufe der Jahre übernachtet hatte. Ein zweistöckiges Gebäude mit einem Balkon, der an der Fassade entlanglief, und einem kleinen Empfangs Büro, das direkt an der Straße lag. Eine Leuchtreklame im Fenster des Büros warb für Farbfernsehen - als ob eine moderne Unterkunft nicht über eine solche Grundausstattung verfügen sollte - und kündigte an, dass noch Zimmer frei seien.

Grant kümmerte sich um die Zimmer und ließ Patterson im Auto zurück, während er zum Empfang ging. Fünf Minuten später kehrte er zurück und kletterte wieder ins Auto, bevor er ihr eine flache Plastikschlüsselkarte überreichte.

»Zimmer elf«, sagte er, legte den Gang ein und fuhr über den Parkplatz in eine Parklücke vor einem Zimmer in der Mitte des Hotelblocks, dessen Klimaanlage zu viel Wasser auf den Gehweg abgab. »Ich wohne in Zimmer zwölf, gleich nebenan.«

»Ich hoffe, die Zimmer sind innen schöner, als sie von hier draußen aussehen«, sagte Patterson und schaute durch die Windschutzscheibe.

»Ich würde nicht zu viel erwarten.«

»Sie wissen wirklich, wie man einem Mädchen eine schöne Zeit bereitet.«

»Das hat man mir schon gesagt«, antwortete Grant lachend. »Es ist ja nur für ein oder zwei Nächte. Außerdem sollten Sie sich an miese Hotelzimmer gewöhnen. Der FBI-Tagessatz ist nicht gerade großzügig.«

»Das habe ich auch schon gehört.« Patterson öffnete die Tür und kletterte aus dem Auto, dann griff sie auf den Rücksitz und schnappte sich ihre Reisetasche. »Ich glaube das stimmt, leider.«

»Ich war schon in schlimmeren Hotels«, sagte Grant, schlug die Fahrertür zu und ging zum Kofferraum, um seine eigene Tasche zu holen. Eine Minute später traf er sie auf dem Bürgersteig vor ihrem Hotelzimmer. »Brauchen Sie heute Abend noch etwas?«

»Alles in Ordnung«, antwortete Patterson. Sie drückte ihre Schlüsselkarte gegen das Lesegerät und öffnete die Tür, als die Anzeige grün wurde. »Ich glaube, ich werde heute Nacht wie ein Murmeltier schlafen.

»Vergessen Sie nicht, den Wecker zu stellen.« Grant sah zu, wie sie ins Zimmer trat, und lehnte sich dann gegen den Türrahmen. »Ich will morgen früh aufstehen und loslegen. Die ersten vierundzwanzig Stunden sind entscheidend, und je weniger Zeit wir verlieren, desto besser.«

»Sicher.« Patterson stellte ihre Tasche auf das nähere der beiden großen Betten und drehte sich zu ihrem Chef um. »Um wie viel Uhr?«

»Ist sieben Uhr in Ordnung für Sie?«

»Macht es einen Unterschied, wenn ich nein sage?«

»Nicht wirklich.«

»Dann also sieben.«

»Großartig.« Grant richtete sich auf und wandte sich zum Gehen. »Schlafen Sie gut.«

»Sie auch.« Patterson sah ihrem Chef hinterher, und ihre Augen verweilten ein wenig länger als nötig auf seiner Gestalt. Er war gutaussehend, mit kurzgeschnittenem dunklem Haar und tiefgrünen Augen. Dann schloss sie die Tür und kehrte zu ihrer Reisetasche zurück. Sie öffnete den Reißverschluss, griff hinein und holte den silbernen Rahmen heraus, den ihr Vater ihr zuvor im Restaurant geschenkt hatte. Ihr Blick verweilte auf dem Foto darin. Die beiden Blake-Schwestern und ihr Vater beim Angeln, als ob sie sich um nichts auf der Welt kümmern müssten. Die Erinnerungen an den letzten gemeinsamen Ausflug kamen zurück und sie lächelte, bevor die Realität dessen, was danach geschah, auf sie einstürzte. Sie schob die Erinnerung beiseite und legte den Rahmen auf den Nachttisch, dann schnappte sie sich ihren Kulturbeutel und machte sich auf den Weg ins Bad.

Zehn Minuten später saß Patterson, jetzt in T-Shirt und Shorts, auf der Bettkante, das Telefon in der Hand. Sie schickte eine kurze SMS, um ihrem Vater mitzuteilen, dass sie ein paar Tage lang nicht da sein würde, und beendete sie mit den Worten, dass sie ihn liebte. Sie legte das Telefon auf den Nachttisch neben den silbernen Rahmen und starrte wieder einmal auf das Foto darin. Pattersons Blick verweilte einen Moment lang auf ihrer Schwester. Sie streckte die Hand aus und berührte das Glas, als könnte sie mit dieser Geste die Zeit überbrücken, die sie voneinander trennte, dann sagte sie leise »Gute Nacht«, bevor sie ins Bett kletterte und das Licht löschte. Weniger als eine Minute später war Patterson eingeschlafen.

9

Grant klopfte um Punkt sieben Uhr morgens an Pattersons Tür.

Sie war bereits aufgestanden und hatte sich angezogen, dank einiger rücksichtsloser Idioten im Stockwerk über ihr, die sie durch das wiederholte Zuschlagen ihrer Zimmertür weckten, als sie mit etwas, das wie schweres Gepäck klang, kamen und gingen.

Da sie wusste, dass sie nicht wieder einschlafen würde, war Patterson aufgestanden und hatte die Zeit genutzt, um einige Arbeiten zu erledigen. Detektiv Ahlstrom hatte die Tatortfotos und Zeugenaussagen an Grant gemailt und ihr eine Kopie geschickt. Sie sah auf den Fotos nichts Neues, las sich aber die Aussagen zweimal durch. Falls sie erwartet hatte, irgendwo in den Worten ein Mordmotiv zu finden, es gab keins. Als Grant klopfte, suchte sie gerade im Internet nach Informationen über das Opfer, Jeremy Knight.

Als sie die Tür öffnete, stand Grant auf der anderen Seite und hielt zwei Getränke in Pappbechern mit Plastikdeckeln in der Hand.

»Der Kaffee im Zimmer war ekelhaft, und ich meine wirklich ekelhaft, also bin ich die Straße runter zu einem Starbucks gelaufen, den ich gestern Abend gesehen habe, als wir hierhergefahren sind«, sagte er und betrat das Zimmer. »Ich hätte wahrscheinlich anrufen und Fragen sollen, was Sie möchten, aber ich dachte, Sie schlafen noch.«

»Unmöglich«, sagte Patterson und nahm den Kaffee, den Grant ihr anbot. »Zu viel Lärm da oben.«

»Sie wurden auch geweckt, was?«

»Man sollte meinen, dass die Leute etwas mehr Rücksicht nehmen, wenn sie in einem Hotel wie diesem übernachten.« Patterson kehrte zu ihrem Laptop zurück und setzte sich wieder hin. Sie stellte den Kaffee auf den Tisch neben ihrem Computer und zog den Plastikdeckel ab. Ein Hauch von Kaffeeduft, der darunter eingeschlossen war, stieg in die Luft. »Ich nehme an, Sie haben weder Milch noch Zucker mitgebracht?«

»Doch.« Grant stellte seinen Kaffee ab und schob eine Hand in seine Tasche. Er holte eine Reihe von Zuckerpäckchen und Einzelportionsbechern mit Kaffeesahne in verschiedenen Geschmacksrichtungen heraus. »Ich wusste nicht, wie Sie Ihren Kaffee trinken, also habe ich von allem etwas mitgenommen.«

»Oh, Vanille.« Patterson schnappte sich die Kaffeesahne, riss den Deckel ab und kippte sie in ihren Kaffee. Sie blickte zu Grant auf, der bisher stehen geblieben war. »Was steht heute auf dem Programm, Boss?«

»Als erstes möchte ich mit den beiden Schauspielern sprechen, die die Leiche entdeckt haben. Kaylee Robinson und Ben Ford.« Grant nahm schließlich auf dem anderen Stuhl Platz und stützte sich mit den Ellbogen auf dem Tisch ab. Er nippte an seinem schwarzen Kaffee und ignorierte die Kaffeesahne und den Zucker. Ein Lächeln umspielte seine

Lippen. »Auf jeden Fall besser als die Brühe in meinem Zimmer.«

»Detektiv Ahlstrom hat uns ihre Aussagen bereits geschickt«, sagte Patterson und nickte in Richtung des Computers. »Ich habe sie nur überflogen, und nichts hat mein Interesse geweckt. Müssen wir wirklich noch einmal mit den Schauspielern sprechen?«

»Auf jeden Fall.« Grant schaute Patterson über ihren Laptop hinweg an. »Ich befrage Zeugen immer gerne persönlich. Bei einem schriftlichen Bericht geht so viel verloren. Zum Beispiel, wie der Zeuge reagiert, wenn man ihm Fragen stellt. Die Körpersprache ist wichtig. Daran kann man erkennen, ob jemand etwas verheimlicht oder lügt. Sie kann auch einen wertvollen Einblick in den geistigen Zustand des Zeugen geben. Wenn Sie sich nur an den Bericht halten, sind Sie außerdem auf das beschränkt, was der Befrager gefragt hat. Vielleicht haben Sie selbst bessere Fragen. Fragen, die den Fall aufklären könnten.«

»Tut mir leid, das hätte ich wissen müssen«, sagte Patterson und machte sich Vorwürfe, dass sie daran nicht gedacht hatte. Ihre Ausbilderin in Quantico hatte in ihrem Unterricht über Interviewtechniken genau dasselbe gesagt.

»Machen Sie sich keine Sorgen. Ich habe Sie zu dieser Untersuchung mitgenommen, damit Sie Erfahrungen im Einsatz sammeln können«, sagte Grant. Er nickte in Richtung des Computers. »Sieht aus, als hätten Sie schon etwas recherchiert. Was haben Sie denn schon herausgefunden?«

»Eine ganze Menge Zeug, was wir sowieso schon wussten.« Patterson klappte den Laptop zu. »Jeremy Knight war der Regisseur, Autor und männliche Hauptdarsteller in dem Stück, das gestern Abend geprobt wurde. Er hat auch die Theatergruppe gegründet, die das Stück aufführt.«

»Kein anspruchsloser Mann also.«

»Offensichtlich nicht. In seiner Biografie auf der Website der Theatergruppe steht, dass er an einem Community College Schauspielunterricht gibt. Davor hatte er einige kleinere Rollen am Broadway und tourte mit einigen Produktionen die Ostküste rauf und runter. Er ist verheiratet und lebt... Verzeihung, lebte...dort in der Nähe. Ich konnte nicht viel mehr über ihn herausfinden.«

»Aha.« Grant nickte. »Ich habe heute Morgen auch schon ein wenig gegraben. Ich habe seinen Namen durch das NCIC laufen lassen.«

»Fanden Sie irgendetwas heraus?« fragte Patterson. NCIC, dass National Crime Information Center, war eine nationale Datenbank des FBI, die es den Polizeibehörden im ganzen Land ermöglichte, unter anderem Haftbefehle und strafrechtliche Verurteilungen zu überprüfen. Es war kein perfektes System, da lokale und staatliche Informationen manchmal nicht in das System aufgenommen wurden. Aber es war ein guter Ausgangspunkt.

Grant schüttelte den Kopf. »Nada.«

»Soweit wir wissen, ist er also nicht vorbestraft«, sagte Patterson.

»Wenn doch, dann ist es nicht im NCIC gespeichert. Ich habe heute Morgen auch schon mit Detektiv Ahlstrom gesprochen, bevor ich Kaffee holte.«

»Das kam bestimmt gut bei ihm an«, sagte Patterson und blickte auf die Uhrzeit auf dem Nachttisch.

»Er kann seinen Schönheitsschlaf halten, wenn wir diesen Fall gelöst haben.« Grant klang zufrieden mit sich selbst. »Aber Sie haben recht. Er war nicht erfreut so früh, von mir zu hören.«

»Und?«

»Die Polizei von Suffolk County hat auch nicht mehr über Jeremy Knight.«

»Wenn die zuständige Polizei nichts hat, ist er wahrscheinlich sauber.«

»Stimmt. Nicht einmal ein Strafzettel. Ich hatte gehofft, dass etwas herausstechen würde. Einen Grund, warum ihn jemand tot sehen will.«

»Und jemand wollte eindeutig seinen Tod.« Ein Bild von Jeremy Knights Leiche, der zu einem blutigen Brei geschlagenen Kopf mit dem Hammer daneben, kam Patterson in den Sinn. »Die Leute schlagen nicht so zu, es sei denn, sie sind außer sich vor Wut.«

»Genau.« Grant seufzte und kippte den letzten Schluck seines Kaffees hinunter. Er stand auf und warf den leeren Pappbecher zielsicher in einen kleinen Plastikmülleimer, der einige Meter entfernt stand, dann wandte er sich der Tür zu. »Sind Sie bereit, einen Mord aufzuklären?«

»Bereit«, antwortete Patterson. Sie ging zu dem zweiten und unbenutzten Bett in ihrem Zimmer, und holte eine graue Lederjacke aus ihrer Reisetasche. Es war zwar schon Mai, aber das Wetter konnte so oder so sein. Heute konnte es zwanzig Grad sein, und am nächsten Tag zwölf. An diesem Morgen verdeckten aschgraue Wolken die Sonne, und Patterson vermutete, dass es regnen könnte. Als sie sich umdrehte, war Grant bereits aus der Tür. Sie zog ihre Jacke an, vergewisserte sich, dass ihre Waffe sicher im Schulterholster steckte, nahm ihre Schlüsselkarte und folgte ihm.

10

Sie fuhren in die Stadt und folgten den Anweisungen von Grants GPS, bis sie an dem Apartmentkomplex ankamen, in dem Ben Ford, einer der beiden Schauspieler, die Jeremy Knights Leiche entdeckt hatten, derzeit wohnte. Sie parkten auf einem Parkplatz neben einem klimatisierten Lieferwagen, an dessen Radkästen sich Rost gebildet hatte, und stiegen eine Außentreppe zu einer Wohnung im zweiten Stock hinauf, an deren Balkongeländer ein Fahrrad angekettet war.

Es gab vier Türen in dem engen Durchgang. Grant überprüfte mit seinem Handy die E-Mail, die Detektiv Ahlstrom geschickt hatte, und vergewisserte sich, dass sie am richtigen Ort waren, dann klopfte er zweimal an die Tür mit der Nummer 1203.

Sie warteten.

Niemand antwortete.

Grant klopfte erneut, dieses Mal fester.

Immer noch keine Antwort.

Er rief die Nummer an, die Detektiv Ahlstrom ihm für Ben Ford gegeben hatte, aber es ging nur die Mailbox ran. Er hinterließ eine Nachricht und steckte das Telefon wieder in seine Tasche.

»Sieht aus, als wäre niemand zu Hause«, sagte Patterson. »Was nun?«

»Wir warten ab, ob...« Grant hielt inne, als sich eine Tür auf der anderen Seite des Durchgangs öffnete.

Eine ältere Frau mit Krückstock und einem rosa Bademantel, der ein fadenscheiniges Nachthemd freigab, kam aus der Wohnung 1201.

»Kann ich Ihnen helfen?«, fragte die Frau mit zusammengekniffenen Augen voller Misstrauen.

Grant holte seinen FBI-Ausweis heraus und hielt ihn ihr vor die Nase. »Mrs., äh ...«

»Porter«, sagte die Frau.

»Mrs. Porter, wir suchen Ben Ford, aber er scheint im Moment nicht zu Hause zu sein. Haben Sie ihn in letzter Zeit gesehen?«

»Seien Sie nicht so förmlich. Nennen Sie mich Fiona.«

»Danke«, sagte Grant. »Und, haben Sie ihn gesehen?«

Fiona Porter schnaubte. »Den? Nicht mehr, seit er gegen ein Uhr letzte Nacht hier hereinstolperte. Besoffen wie ein Stinktier, möchte ich hinzufügen. Er hatte mich geweckt, als er versuchte, seinen Schlüssel ins Schloss zu stecken. Ich habe dem armen Kerl in die Wohnung geholfen, damit ich wieder in mein warmes Bett konnte.« Sie schüttelte den Kopf und schimpfte. »Das sieht ihm gar nicht ähnlich. Er ist immer so ein netter Junge. Er hilft mir die Treppe hinauf mit meinen Einkäufen. Ich wusste nicht, was ich davon halten sollte, bis ich heute Morgen die Nachrichten gesehen habe. Er ist ein Schauspieler, wissen Sie. Und zwar ein guter. Ich habe vor einiger Zeit ein Stück gesehen, in dem er mitgespielt hat. Offenbar hat jemand gestern Abend nach der Probe seinen Regisseur ermordet. Kein Wunder, dass er sich betrunken hat. Das muss ein ziemlicher Schock gewesen sein.«

»Deshalb suchen wir nach ihm«, sagte Grant und steckte den Ausweis wieder in seine Tasche. »Haben Sie Ben gesehen, seit Sie ihm in die Wohnung geholfen haben?«

»Sie glauben doch nicht, dass er ...« Ein Ausdruck des Entsetzens ging über Fiona Porters Gesicht. Sie streckte die Hand aus und stützte sich am Türrahmen ab.

»Meine Güte, nein.« Patterson schaltete sich ein. »Er ist zurzeit kein Verdächtiger. Wir wollen nur mit ihm über die letzte Nacht sprechen, das ist alles. Eine Routineuntersuchung. Nichts, worüber man sich Sorgen machen müsste.«

»Oh.« Die Angst wich aus ihrem Gesicht. »Das ist eine große Erleichterung. Ich möchte nicht glauben, dass ich gegenüber von einem Mörder wohne.«

»Wir verstehen«, sagte Grant. »Haben Sie ihn seit gestern Abend wieder gesehen?«

Die alte Frau schüttelte den Kopf. »Ich habe ihn nicht gesehen. Aber ich habe ihn gehen hören.«

»Wann?« fragte Patterson.

»Vor etwa einer Stunde.« Fiona zog den Bademantel enger um ihren schmalen Körper und zitterte. »Und ist bis jetzt nicht zurückgekommen. Er muss auch höllische Kopfschmerzen haben, so blau wie er war.«

»Haben Sie eine Ahnung, wo er hingegangen sein könnte oder wann er zurückkommt?«

»Sehe ich aus, wie seine Sekretärin?« Die alte Frau schnitt eine Grimasse.

»Das heißt also nein«, sagte Patterson.

»Sie ist clever, nicht wahr?« Die alte Frau sah Grant an.

»Als Sie ihm gestern Abend in die Wohnung geholfen haben, ist Ihnen da etwas Ungewöhnliches aufgefallen?« fragte Grant und ignorierte die Bemerkung.

»Sie meinen, abgesehen davon, dass er betrunken war? Nein.« Fiona Porter schüttelte den Kopf. »Du meine Güte. Ich hoffe, es geht ihm gut.«

Grant griff in seine Tasche und holte eine Visitenkarte heraus. Er reichte sie der alten Frau. »Wenn er zurückkommt, rufen Sie uns bitte an?«

»Sicher.« Fiona zuckte mit den Schultern. »Aber ich bezweifle, dass er so bald wiederkommt. Als ich ihn gehen hörte, schaute ich aus meinem Schlafzimmerfenster. Es bietet einen Blick auf den Parkplatz. Er nahm sein Fahrrad und fuhr mit einer Tasche auf dem Rücken davon. So eine, die man mitnimmt, wenn man verreist.«

»Er ist weggefahren?« fragte Grant und warf einen Blick auf das Fahrrad, das an das Geländer vor der Wohnung des Schauspielers gekettet war. »Das ist nicht sein Fahrrad?«

»Das gehört seinem Mitbewohner.«

»Warum geht dann der Mitbewohner nicht an die Tür?« fragte Patterson. »Wenn sein Fahrrad hier ist.«

»Oh, Colin ist auch nicht zu Hause. Er ist etwa eine Viertelstunde bevor Sie hier auftauchten, gegangen. Er ist auch Schauspieler, aber er hat auch noch einen Teilzeitjob.«

»Er ist zu Fuß gegangen?«

»Nein. Manchmal wird er von einem Auto abgeholt, dann braucht er das Fahrrad nicht. Heute war das der Fall. Ich nehme an, es ist ein Kollege, der ihn mitnimmt.«

»Wissen Sie, wo er arbeitet?«

Fiona schüttelte nachdenklich den Kopf. »Tut mir leid. Er hat es mir gesagt, aber ich habe es vergessen. Er hat schon ein paar Mal den Job gewechselt. Er scheint es nirgendwo lange auszuhalten, also achte ich kaum darauf.«

»Haben Sie einen Nachnamen für diesen Colin?«

»Langley. Colin Langley.«

»Danke«, sagte Patterson und notierte sich den Namen

auf ihrem Handy. Sie warf einen Blick auf Grant. »Ich schätze, es hat keinen Sinn, noch länger hier zu bleiben.«

»Sie haben Recht. Vielleicht ruft Ben mich zurück.« Grant ging auf die Treppe zu und sah dann zu der alten Frau zurück. »Sie waren sehr hilfreich, Fiona.«

»Ich tue, was ich kann.«

»Wenn uns noch etwas einfällt, kommen wir wieder.«

Fiona Porter beobachtete sie mit trüben Augen. »Ich werde hier sein. Es ist ja nicht so, dass ich etwas Besseres zu tun hätte.«

»Danke, dass Sie sich die Zeit genommen haben, mit uns zu sprechen«, sagte Patterson und ging an der Frau vorbei.

Grant ging die Treppe hinunter.

Patterson folgte ihm, wobei sie Fiona Porters Blicke auf ihrem Rücken spürte. Als sie den Parkplatz erreichten, beeilte sie sich, mit Grant Schritt zu halten. »Wollen Sie nach dem Mitbewohner suchen gehen?«

»Noch nicht.« Grant schloss den Wagen auf und setzte sich hinter das Lenkrad. Er wartete, bis Patterson eingestiegen war, bevor er weitersprach. »Kaylee Robinson wohnt nicht weit von hier. Ich möchte als nächstes mit ihr sprechen. Sie ist schließlich die Person, die Jeremy Knights Leiche in diesem Orchestergraben gefunden hat. Vielleicht weiß sie mehr, als sie dem Detektiv erzählt hat.«

»Glauben Sie, sie verheimlicht etwas?«

»Ich glaube, Detektiv Ahlstrom war zu sehr mit seinen Vermutungen beschäftigt, um die richtigen Fragen zu stellen.« Grant startete den Wagen und fuhr rückwärts aus der Parklücke. Er warf einen Seitenblick auf Patterson. »Ich habe nicht vor, denselben Fehler zu machen.«

11

Patterson und Grant erreichten die Adresse von Kaylee Robinson zehn Minuten nachdem sie Ben Fords Wohnanlage verlassen hatten. Das Haus war ein kleiner weißer, einstöckiger Bungalow mit einem langen, schmalen Vorgarten, der von einem Lattenzaun umgeben war. Der Rasen musste dringend gemäht werden, und in den Blumenbeeten wucherte Unkraut.

»Kaylee ist keine große Gärtnerin«, sagte Grant, als sie den Weg hinaufgingen. Als sie die Haustür erreichten, drückte er auf die Klingel und wartete.

»Drücken Sie einfach die Daumen, dass sie zu Hause ist«, sagte Patterson. »Sonst wird unser ganzer Morgen ein Reinfall.«

»Es ist jemand zu Hause«, antwortete Grant, als sich ein Riegel zurückzog.

Die Tür öffnete sich, und eine junge Frau erschien. Sie war Mitte zwanzig, hatte schulterlanges braunes Haar mit blauen Strähnen, olivfarbene Augen und einen blassen Teint. Patterson schätzte sie auf etwa einen Meter sechzig und schlank. Wahrscheinlich wog sie nicht einmal fünfzig Kilo. Sie trug ein weißes T-Shirt, auf dessen Vorderseite die Worte »I'm done being your fool« aufgedruckt waren. Enge Bluejeans schmiegten sich an ihre Beine.

Sie musterte sie von oben bis unten. »Was wollen Sie?«

»Sind Sie Kaylee Robinson?« fragte Patterson.

Das Mädchen stieß einen Seufzer aus. »Nein. Wer sind Sie?«

»Mein Name ist Special Agent Patterson Blake. Das ist mein Kollege, Special Agent Jonathan Grant. Wir sind vom FBI.« Patterson zeigte ihren Ausweis, und Grant tat es ihr gleich.

»FBI? Wirklich?« Das Mädchen sah erschrocken aus. »Geht es um das, was im Theater passiert ist?«

Patterson nickte. »Was ist Ihr Name?«

»Amber. Ich bin Kaylees Freundin. Sie war letzte Nacht in einem echt miesen Zustand, deswegen habe ich bei ihr übernachtet.«

»Ist Kaylee jetzt hier?« fragte Patterson.

»Ja«, antwortete Amber. »Sie schläft noch.«

»Können wir mit ihr sprechen?« fragte Patterson. »Es ist wichtig.«

»Sicher. Kommen Sie rein.« Amber hielt die Tür auf und geleitete sie hinein. »Ich werde Kaylee holen.«

Als Grant die Eingangstür hinter sich schloss, ließ Patterson seinen Blick über die Umgebung schweifen. Hinter einem kleinen, kahlen Flur befand sich eine Sitzecke mit zwei Sofas, die auf beiden Seiten eines gemauerten Kamins standen. Ein Laptop lag aufgeklappt auf dem Couchtisch. Musiktheaterposter bedeckten die Wände. Patterson erkannte mehrere Broadway-Shows.

»Was ist Ihr Lieblingsmusical?« fragte Grant, als sie den Raum betraten.

Patterson konnte sich ein Lächeln nicht verkneifen. »Wirklich? Mein Lieblingsmusical?«

Grant zuckte mit den Schultern. »Ich verrate Ihnen meins, wenn Sie mir Ihres verraten.«

»Sie kommen mir nicht gerade wie ein Theatermensch vor.«

»Sie wären überrascht.« Grant studierte die Plakate.

»Nun, in diesem Fall ist mein Lieblingsmusical Cats.«

»Wirklich?« Grant grinste. »Sie mögen Cats?«

Patterson nickte. »Sie wollten mir Ihres verraten. Sie sind dran.«

»Nein. Vielleicht später.«

»Hey, das ist nicht fair. Wir hatten eine Abmachung. Kein Kneifen.«

Grant drehte sich wieder zu den Postern an der Wand um. »Na gut, Sie haben mich erwischt. Ich hasse Musicals. All das Singen. Da kriege ich eine Gänsehaut.«

»Sie haben mich reingelegt«, sagte Patterson mit gespielter Empörung, aber sie konnte sich ein Grinsen nicht verkneifen.

»Ja. Ein bisschen.« Grants Augen blitzten schelmisch auf. »Cats! Ich dachte, Sie würden sich wenigstens etwas aus diesem Jahrtausend aussuchen.«

»Das ist das letzte Mal, dass ich Ihnen etwas erzähle.«

»Wir werden sehen«, sagte Grant, als sie Schritte auf dem Flur hörten.

Sie drehten sich um und sahen ein schlankes blondes Mädchen im Pyjama in der Tür stehen. Von dem anderen Mädchen, Amber, war nichts zu sehen.

»Sind Sie Kaylee?« fragte Patterson.

Das Mädchen nickte. »Ja, ich bin Kaylee.«

Patterson zeigte wieder ihren Ausweis. »Special Agent Patterson Blake und Special Agent Jonathan Grant. Wir sind vom FBI.«

Kaylee sah sie mit einer Mischung aus Überraschung und Angst an. »Geht es um letzte Nacht?«

Patterson nickte. »Wir haben nur ein paar Fragen.«

»Ich habe bei dem Detektiv gestern Abend bereits eine Aussage gemacht.«

»Das wissen wir, und wir werden Sie nicht lange aufhalten. Ich bin mir sicher, dass Sie immer noch aufgewühlt sind.«

Kaylee nickte stumm.

Grant trat mit seinem Handy in der Hand vor. Er hatte die Aussage, die Kaylee am Vorabend gemacht hatte, auf dem Bildschirm. Er überflog sie kurz und wandte sich dann dem nervösen Mädchen zu. »Ich möchte nur bestätigen, was Sie gestern Abend gesagt haben, wenn das okay ist.«

»Sicher.« Kaylee durchquerte den Raum und setzte sich mit den Händen im Schoß auf die Kante von einem der beiden Sofas. »Wollen Sie sich setzen?«

»Nein, Danke. Ich würde es vorziehen, zu stehen«, sagte Grant. Er überflog ein zweites Mal die Zeugenaussage, dann wandte er seine Aufmerksamkeit wieder Kaylee zu und befragte sie ausführlich. Während sie antwortete, tippte er Notizen in sein Telefon und nickte gelegentlich.

Patterson betrachtete das Gesicht des Mädchens. Sie sah müde aus, mit dunklen Ringen unter ihren Augen. Ihre Wangen waren mit Sommersprossen übersät, und ihr blondes Haar fiel ihr in sanften Locken über die Schultern. Sie hatte etwas Zerbrechliches an sich, das Patterson an eine Porzellanpuppe denken ließ.

Grant ging mit der jungen Frau die Zeugenaussage der vergangenen Nacht durch. Als er zufrieden war, schob er das Telefon zurück in seine Tasche und beobachtete Kaylee einen langen Moment lang, bevor er fragte: »Wie gut kannten Sie Jeremy Knight?«

»Nicht sehr gut. Na ja, relativ. Immerhin war ich in seiner

Show.« Kaylee sah zu den beiden FBI-Agenten auf. »Spielt das eine Rolle?«

»Ich versuche nur herauszufinden, was gestern Abend passiert ist. Sie sind ja schließlich zurück ins Theater gegangen, um ihn zu suchen.«

»Er sollte uns in die Kneipe folgen, nachdem er mit der Arbeit an dem Stück fertig war. Ich habe mir Sorgen gemacht.« Kaylees Stirn legte sich in Falten. »Das wissen Sie ja bereits. Ich habe es dem Detektiv erzählt und es Ihnen doch eben schon einmal bestätigt.«

»Ich wollte nur sichergehen, dass ich das alles richtig verstehe.« Grant verschränkte die Arme. »Noch eine Frage, und dann lassen wir Sie in Ruhe.«

»Sicher.« Kaylee nickte.

»Fällt Ihnen jemand ein, der einen Groll gegen Jeremy Knight hegte? Jemand, der ihm vielleicht etwas antun wollte?«

»Jeremy war der süßeste Mann«, sagte Kaylee und wischte sich die Tränen aus den Augen. »Er hat es nicht verdient, so zu sterben.«

»Das ist keine Antwort auf unsere Frage«, sagte Patterson.

»Tut mir leid.« Kaylee schniefte. »Ich schätze, vielleicht seine Frau. Sie machen eine Scheidung durch. Sie ist ein richtiges Miststück.«

»Ist das so?« Patterson tauschte einen Blick mit Grant.

»Sie hat alle nur möglichen Probleme verursacht. Er konnte kaum das Geld für die Show zusammenkratzen. Sie wollte ihm nicht erlauben, gemeinsame Mittel zu verwenden, obwohl sie wusste, wie viel ihm die Show bedeutet... bedeutete.«

»Wissen Sie, warum sie sich scheiden lassen wollten?« fragte Patterson.

Kaylee schüttelte den Kopf. »Ich wollte nicht neugierig sein.«

»Danke, Kaylee«, sagte Grant. »Sie haben uns sehr geholfen.«

»Keine Ursache.« Kaylee wischte sich eine verirrte Träne von der Wange. »Glauben Sie, dass Sie die Person, die das getan hat, fassen werden?«

»Dafür werden wir bezahlt«, versicherte ihr Grant. Er wandte sich zum Gehen, zögerte dann aber und sah die junge Schauspielerin noch einmal an. »Eigentlich habe ich noch eine kurze Frage. Kennen Sie Collin, den Mitbewohner von Ben Ford?«

»Ja. Ich kenne ihn. Wir hängen manchmal zusammen ab, wir alle drei. Er ist nett.«

»Ich nehme an, Sie wissen nicht, wo er arbeitet?«

»Doch, das tue ich. Joe Mugs. Der Coffee Shop auf der Main Straße.«

»Nochmals vielen Dank.« Grant wandte sich wieder der Tür zu.

Kaylees Freundin Amber stand in der Küche und beobachtete die beiden. Grant begegnete ihrem Blick. »Passen Sie auf Ihre Freundin auf, okay?«

Amber murmelte leise bestätigend.

Grant warf einen kurzen Blick zurück ins Wohnzimmer und zu dem Mädchen, das zusammengekauert auf dem Sofa saß, dann trat er hinaus, Patterson dicht hinter ihm.

12

Joe Mugs Coffee Shop befand sich drei Blocks von dem Theater entfernt, in dem der Mord stattgefunden hatte. Als Grant und Patterson eintraten, strömte ihnen der berauschende Duft von Kaffee und Gebäck in die Nase. Eine Fensterwand gab den Blick auf die Straße frei. An den drei kleinen runden Tischen hinter den Fenstern saßen die Kunden in einer Reihe. Weitere Tische füllten die Mitte des Raums, an denen weitere Kunden saßen und auf ihren Laptops herum tippten oder sich leise unterhielten, während sie an ihren Getränken aus weißen Keramikbechern nippten. Im hinteren Teil des Coffeeshops verlief eine lange Theke entlang einer freigelegten Backsteinwand. Das Zischen von Espressomaschinen erfüllte die Luft, während klassische Musik aus Lautsprechern an der Decke erklang. Hinter dem Tresen arbeiteten zwei Bedienungen. Ein Mann und eine Frau. Sie waren beide Anfang zwanzig.

Patterson und Grant machten sich auf den Weg zu der männlichen Bedienung, der an der Espressomaschine arbeitete.

»Colin Langley?« fragte Grant, trat an den Tresen und beugte sich vor, damit er einen Blick über die Espressomaschine werfen konnte.

»Einen Moment, bitte. Ich bin hier gerade beschäftigt.« Colin beendete die Zubereitung des Getränks und reichte es an die Angestellte weiter, die es an das andere Ende der Theke brachte, wo ein Kunde wartete. Dann wandte er sich an die beiden Agenten. »Was hätten Sie denn gerne? Ich empfehle den Café con Miele. Er ist mit Honig, Zimt, Muskatnuss und Vanille aromatisiert. Wirklich gut.«

»Wir sind nicht wegen des Kaffees hier«, sagte Grant.

Colin zuckte mit den Schultern: »Dann also Tee?«

»Wir sind FBI-Agenten«, sagte Patterson. »Wir möchten Ihnen ein paar Fragen über Ben Ford stellen.«

»Was hat er getan?« Ein Grinsen machte sich auf Colins Gesicht breit.

»Nichts, soweit wir wissen.« Patterson hatte das Gefühl, dass sie mit ihren Nachforschungen nicht weiterkommen würden. Dies war bereits der dritte Ort, den sie an diesem Morgen aufgesucht hatten, und die einzige neue Information, die sie herausgefunden hatten, war die über die bevorstehende Scheidung des Opfers. Obwohl dies sicherlich ein Motiv war, machte sie die Grausamkeit des Angriffs stutzig. Wenn die Frau Jeremy Knight so sehr hasste, warum reichte sie dann die Scheidung ein, bevor sie den Mord beging? »Wissen Sie, wo Ben sich aufhält?«

»Sicher. Er ist in die Stadt gefahren. Er wird erst in ein paar Tagen zurück sein.«

»Könnten Sie das näher ausführen?« fragte Grant.

»Sind Sie sicher, dass Sie keinen Kaffee wollen?« Colin sah zwischen den beiden Agenten hin und her. »Wenn ich mit Ihnen rede, verdiene ich kein Geld. Ich arbeite fast nur für Trinkgeld.«

»Gut, ich nehme einen Latte«, sagte Grant. »Aber nicht diesen Muskatnuss- und Vanillekram.«

»Ich nehme auch einen«, sagte Patterson.

»Das ist schon besser.«

Colin war mit der Zubereitung des Kaffees beschäftigt und sprach dabei. »Ben hatte heute ein Vorsprechen für eine Off-Broadway-Show. Er ist heute Morgen früh losgefahren. Eigentlich sollte er heute Nachmittag wegen des Stücks zurückkommen, aber es sieht nicht so aus, als würde das jetzt weitergehen, wenn man die Umstände bedenkt.«

»Kommt er denn dann heute später zurück?«

»Nein. Gar nicht mehr. Wie ich schon sagte, er wollte zurückkommen, damit er die Proben nicht verpasst. Aber da das Stück nun in der Schwebe ist, beschloss er, noch ein paar Tage länger in New York zu bleiben und noch ein paar andere Vorsprechen zu besuchen. Er schläft bei einem Freund auf der Couch. Ich weiß nicht, wann er jetzt zurückkommt.«

»Haben Sie eine Adresse von dem Freund, wo er übernachtet?« fragte Grant.

»Nein. Ich weiß nicht, bei wem er wohnt. Ich glaube, er wohnt irgendwo in Harlem, falls Ihnen das weiterhilft.«

»Großartig. Das grenzt es ein«, sagte Grant. Er zog einen Zwanziger aus seiner Brieftasche und legte ihn auf den Tresen. »Für die Kaffees. Das Wechselgeld können Sie behalten.«

»Vielen Dank.« Colin nahm das Geld. »Das weiß ich sehr zu schätzen.«

Patterson reichte dem Barista ihre Karte. »Das Trinkgeld war nicht umsonst. Sie müssen uns anrufen, wenn Ben Ford zurückkommt. Es ist wichtig.«

»Wie Sie meinen.« Colin nahm die Karte und steckte sie in seine Schürzentasche. »Sind Sie sicher, dass er nicht in Schwierigkeiten steckt?«

»Nein. Wir sind nur gewissenhaft.« Grant nahm seinen Kaffee in die Hand. »Der riecht gut.«

»Das ist er auch«, sagte Colin. »Wir rösten unsere eigenen Bohnen im Haus.«

»In diesem Fall sollten wir nochmal hierherkommen«, sagte Patterson.

Colin grinste und stützte sich mit den Ellbogen auf den Tresen, den Blick auf Patterson gerichtet. »Kommen Sie jederzeit wieder. Ich mache Ihnen meinen speziellen Frappé. Geheimrezept.«

»Gilt dieses Angebot für uns beide oder nur für meinen Partner?« fragte Grant und bemerkte, wie Colin Patterson anschaute.

»Ich kann es für Sie beide machen«, sagte Colin. »Kein Problem.«

Patterson schob ihre Hände in die Taschen und ließ ihre Jacke absichtlich aufklappen, um die Glock in ihrem Schulterholster zum Vorschein zu bringen. »Das war die richtige Antwort, Colin. Die richtige Antwort.«

13

»Es bringt vielleicht Unglück, schlecht über Tote zu reden, aber Jeremy war ein betrügerischer, niederträchtiger Mistkerl.« Linda Knight saß Grant und Patterson in ihrem Büro bei Island Realty gegenüber, wo die beiden FBI-Agenten sie aufsuchten, nachdem sie den Coffee Shop verlassen hatten. Detektiv Ahlstrom war an diesem Morgen bereits bei ihr gewesen, und sie war nicht glücklich darüber, zum zweiten Mal am selben Tag befragt zu werden, stimmte aber widerwillig zu, ihnen zehn Minuten Zeit zu geben, bevor sie zu einer Besichtigung am anderen Ende der Stadt eilen musste. »Wollen Sie wissen, was ich denke? Nämlich das ein wütender Vater einer jungen Tochter, mit der mein Mann herumgealbert hat, ihn wahrscheinlich ermordet hat.«

»Haben Sie deshalb die Scheidung eingereicht?« fragte Patterson. »Weil Jeremy mit einem Mädchen aus dem College, in dem er arbeitet, ein Verhältnis hatte?«

»Wo er arbeitete. Vergangenheitsform.« Linda runzelte die Stirn. »Er wurde vor ein paar Monaten gefeuert. Er konnte die Finger nicht von den Studentinnen lassen.«

»Es muss furchtbar gewesen sein, auf diesem Weg herauszufinden, dass er fremdgegangen ist.«

»Ich wusste es schon lange bevor er gefeuert wurde. Als ich eines Tages die Wäsche machte, fand ich ein Telefon in seiner Tasche. Ein Telefon, das ich nie zuvor gesehen hatte. Darauf befanden sich Textnachrichten zwischen ihm und diesem Mädchen. Als ich ihn damit konfrontierte, versprach er, damit aufzuhören und es zu beenden. Wie eine Närrin glaubte ich ihm. Ein paar Wochen später kam ich im College vorbei, um ihm etwas zu essen zu bringen, weil er bis spät in die Nacht arbeitete, um Klausuren zu korrigieren... dachte ich jedenfalls.«

»Ich nehme an, er hatte keine Klausuren benotet«, sagte Patterson.

»Nein, hatte er nicht. Er hatte etwas ganz anderes vor, obwohl ich mir sicher bin, dass das Mädchen, das er auf seinem Bürotisch hatte, eine gute Note bekommen hat, wenn man bedenkt, was sie sich von ihm hat antun lassen.«

»Oh.« Pattersons Wangen liefen rot an.

»Es tut mir so leid«, sagte Grant.

»Mir auch.« In Lindas Stimme lag ein harter Ton. »Am nächsten Tag habe ich mit einem Anwalt gesprochen und die Scheidungspapiere eingereicht. Ich habe Jeremy auch gesagt, er solle vorsichtig sein, weil das College strenge Regeln für den Umgang mit Studenten hat. Er hörte nicht auf mich, obwohl die Affäre bereits unsere Ehe ruiniert hatte. Das College hatte davon Wind bekommen, und das war's.«

»Was hat er seitdem gemacht?« fragte Grant. »Außer, dass er sein Stück aufführen wollte?«

»Nichts, soviel ich weiß. Er ist aus dem Haus ausgezogen und hat sich eine Wohnung besorgt, ich habe ihn in den letzten Monaten nicht oft gesehen. Aber nach dem, was ich gehört habe, schien er zu glauben, dass das Stück sein großer

Durchbruch sein würde. Eine Möglichkeit, wieder ins professionelle Theater einzusteigen. Er sagte sogar, gefeuert zu werden, sei das Beste gewesen, was ihm passieren konnte. Es zwang ihn, sein Leben neu zu überdenken. Weiß der Himmel, wie er es sich leisten konnte, ein Theaterstück zu finanzieren.«

»Das Geld war also knapp?« fragte Patterson.

»Es war für ihn, nachdem er seinen Job verloren hatte. Er wollte Geld von unserem gemeinsamen Sparkonto nehmen, um das Stück zu finanzieren, und ich sagte nein. Ich sagte ihm, wenn die Scheidung abgeschlossen sei, könne er mit seinem Anteil machen, was er wolle, aber bis dahin bleibe das Geld, wo es sei. Nur notwendige Ausgaben für uns beide. Dafür hat mein Anwalt gesorgt.«

»Und wie hat er das Stück dann finanziert?« fragte Grant. »Es kann nicht billig sein, ein Theater zu mieten und Schauspieler zu engagieren.«

»Ich weiß es nicht. Aber ich kann mir nicht vorstellen, woher er das Geld hatte. Wahrscheinlich hat er etwas Zwielichtiges getan. Ich habe ihn bei unserem letzten Treffen mit den Anwälten darauf angesprochen, aber er hat sich geweigert, meine Fragen zu beantworten. Er sagte mir nur, das Schauspiel habe nichts mit der Scheidung zu tun und ich solle mich da raushalten. Er hatte keines unserer Bankkonten angefasst, und es fehlte nichts, also konnte ich wenig tun. Ich habe aber meinen Anwalt gebeten, der Sache nachzugehen, nur um sicherzugehen, dass er mich nicht betrügt.«

»Und er hat nichts gefunden?«

»Nein.« Linda warf einen Blick auf die Uhr an der Wand. »Ich fürchte, ich muss unser Gespräch jetzt beenden. Ich habe einen Termin.«

»Natürlich«, sagte Grant. »Vielen Dank für Ihre Zeit.«

»Wenn wir weitere Fragen haben, werden wir uns melden«, sagte Patterson.

»Gerne. Rufen Sie vorher an, und die Rezeption wird Ihnen sagen, ob ich im Büro bin.« Linda stand auf und nahm ihre Handtasche, dann sah sie die beiden FBI-Agenten an. »Ich hoffe, Sie fangen das Tier, dass ihm das angetan hat. Jeremy war ein Widerling, und ich wollte, dass er für seine Tat leidet, aber er hat es nicht verdient, so zu sterben.«

14

Es war drei Uhr nachmittags, als sie Linda Knights Maklerbüro verließen. Die grauen Wolken, die den ganzen Tag über mit Regen gedroht hatten, hatten sich gelichtet, und schwache Sonnenstrahlen kämpften sich durch. Patterson streifte ihren Mantel ab und trug ihn über der Schulter.

Zurück im Auto, wandte sie sich an Grant. »Ich glaube, wir haben unseren ersten richtigen Verdächtigen.«

»Diejenigen, die dem Verstorbenen am nächsten standen, stehen immer ganz oben auf der Verdächtigen Liste, bis wir sie ausschließen können«, antwortete Grant. »Und eine chaotische Scheidung, die durch einen betrügerischen Ehemann verursacht wurde, bietet ein gutes Motiv für eine verärgerte Ehefrau. Ich würde gerne etwas mehr über Linda Knight herausfinden.«

»Was ist mit ihrer Theorie, dass ein wütender Vater den Mord begangen haben könnte?« fragte Patterson. »Es klingt, als wäre unser Opfer ein rechtes Schlitzohr gewesen.«

»Da stimme ich ihnen zu. Ein eifersüchtiger Freund ist

auch eine Möglichkeit, und das sollten wir im Hinterkopf behalten, während unseren weiteren Ermittlungen.«

»Was ist unser nächster Schritt?« fragte Patterson.

»Ich denke, ein weiterer Besuch am Tatort ist angebracht. Mrs. Knight hat einige interessante Fragen aufgeworfen, nicht zuletzt die, wie das Opfer es sich unter diesen Umständen leisten konnte, sein Theaterstück aufzuführen.«

»Wir fahren zurück ins Theater?«

»Ich denke, das wäre klug. Mit etwas Glück wird Detektiv Ahlstrom nicht da sein.« Grant ließ den Wagen an und fuhr langsam aus der Parklücke. »Aber zuerst möchte ich etwas essen gehen. Ich habe in der Innenstadt einen Sandwich-Laden gesehen. Haben Sie Lust auf einen Spukie?«

»Klar, ich könnte etwas essen«, grinste Patterson. »Was zum Teufel ist ein Spukie?«

»Wo ich herkomme, nennt man so ein Sub-Sandwich. Es leitet sich vom italienischen Wort spucadella ab, was langes Brötchen bedeutet.«

»Sie sind in Italien aufgewachsen?« Patterson warf Grant einen fragenden Blick zu. »Sie sehen nicht sehr italienisch aus.«

»Ich bin es nicht. Ich bin im North End von Boston aufgewachsen. Dort gab es eine Menge italienischer Einwanderer.«

»Sie sind jetzt aber in New York. Entweder Sie nennen es ein Hero Sandwich oder Sie fliegen raus.«

»Ich bleibe bei Spukie«, sagte Grant, als sie vor dem Sandwich-Laden hielten. »Außerdem habe ich jetzt Hunger, also erkläre ich als Ihr Vorgesetzter dieses Gespräch für beendet.«

Dreißig Minuten später liefen Grant und Patterson mit vollem Magen einen Block vom Sandwich-Laden zum Phoenix Theater, wo das Theaterstück von Jeremy Knight hätte geprobt werden sollen. Stattdessen fanden sie die Eingangstüren verschlossen und die Lobby dunkel. Jemand hatte ein Schild an eine der Türen geklebt, auf dem stand, dass das Theater vorübergehend geschlossen sei. Zwei Polizeiautos und ein Wagen der Spurensicherung waren draußen davor geparkt.

Grant führte Patterson um die Seite des Gebäudes herum und in die Gasse, die zum Bühneneingang führte. Diese war nicht verschlossen. Sie traten ein und stießen sofort auf einen uniformierten Beamten, der ihnen den Weg versperrte. Er war jung, kaum aus dem Teenageralter heraus, und sah gelangweilt aus. Als er sie eintreten sah, änderte sich sein Verhalten.

»Ich kann Sie leider nicht reinlassen«, sagte der Polizist. »Dies ist ein aktiver Tatort.«

»Das wissen wir bereits.« Grant ließ seinen Ausweis aufblitzen. »Special Agents Grant und Blake. FBI.«

»Entschuldigen Sie bitte. Das habe ich nicht bemerkt.« Der Polizist sah verlegen aus. Er trat zur Seite, um sie weitergehen zu lassen. »Wenn Sie Detektiv Ahlstrom suchen, er ist im Orchestergraben bei der Spurensicherung.«

»Danke, aber wir suchen ihn nicht«, antwortete Grant. »Wir würden gerne mit einem Mitarbeiter des Theaters sprechen. Jemanden, der mit dem Stück vertraut ist. Ich nehme nicht an, dass jemand hier ist?«

»Die meisten Mitarbeiter haben den Tag frei bekommen. Aber die künstlerische Leiterin ist hier. Sie sagte, sie habe zu tun und versprach, nicht im Weg zu stehen.«

»Und wo können wir sie finden?« fragte Patterson.

Der Polizist schaute sich nach einer Tür um, die mit *Privat, Nur für Personal,* markiert war. »Sie ist in ihrem Büro, dort drüben.«

»Danke.« Grant wich dem Polizisten aus und machte sich

auf den Weg zur Tür, hinter der ein kurzer Korridor mit Büros auf beiden Seiten lag, von denen nur eins besetzt war.

Die künstlerische Leiterin des Phönix-Theaters war eine mollige Frau in den Fünfzigern, mit grauem Haar und einem schlaffen Gesicht. Sie blickte auf, als sie sich näherten. »Kann ich Ihnen helfen?«

»Ja, Ma'am. Ich hoffe es.« Grant stellte sich und Patterson vor und kam dann gleich zur Sache. »Wir hoffen, dass Sie uns einige Informationen über das Stück geben können, das hier hätte aufgeführt werden sollen. Vor allem über die Schauspieler in der Gruppe, und über Jeremy Knight.«

»Der arme Mann«, sagte die Frau. »Ich kann nicht glauben, dass er genau hier in unserem Theater getötet wurde. Auch noch auf so brutale Weise. Ich bekomme jedes Mal eine Gänsehaut, wenn ich daran denke, um ehrlich zu sein. Ich bin mir nicht sicher, ob sich irgendjemand sicher fühlen wird, bis Sie den Mörder gefasst haben.«

»Das ist unser Plan, Miss...?«

»Gloria Gleason«.

»Danke, Miss Gleason. Was können Sie mir über Jeremy Knight erzählen?«

»Seine Theatergruppe heißt Knight Players. Dies sollte ihre erste Produktion sein, glaube ich. Mr. Knight war eine Zeit lang aus dem Geschäft ausgestiegen und unterrichtete, bis er seinen Job verlor. Das Stück sollte sein Weg zurück zum Theater sein.«

»Ja, das wissen wir bereits«, sagte Patterson. »Uns interessiert mehr, wie er die Mittel für die Aufführung eines Stücks aufbringen konnte. Haben Sie ihm einen ermäßigten Mietpreis für das Theater gegeben?«

»Ja«, antwortete Gloria. »Richtig los geht es hier erst später im Juni. Dann beginnt die Touristensaison, und die Strände füllen sich. In der Nebensaison können wir keine höheren Preise verlangen, weil weniger Eintrittskarten verkauft werden. Das Stück hat bisher leider kaum Tickets verkauft.

»Hat er eine Kaution bezahlt?«

Gloria nickte. »Dreißig Prozent Anzahlung und den Rest am Eröffnungsabend.«

»Wie hat er das bezahlt?« fragte Grant.

»Er hat einen Scheck ausgestellt.«

»Ich nehme an, Sie haben ihn nicht mehr?«

»Doch. Wir machen jetzt alle unsere Einzahlungen elektronisch. Es ist einfacher.« Gloria ging zum Aktenschrank und wühlte darin herum, dann kehrte sie mit einer Manila-Mappe in der Hand zu ihnen zurück. Sie öffnete sie, fand den Scheck und reichte ihn Grant. »Hier, bitte.«

Grant studierte den Scheck einen Moment lang und reichte ihn dann an Patterson weiter. »Fünfzehnhundert Mäuse, ausgestellt von einem Geschäftskonto. Knight Players, LLC.«

»Interessant«, sagte Patterson. »Mrs. Knight sagte uns, dass sie Jeremys Bitte um Geld von ihrem gemeinsamen Bankkonto abgelehnt hat.«

Grant nickte und machte mit seinem Handy ein Foto des Schecks, bevor er ihn Gloria zurückgab. »Ich nehme nicht an, dass Sie wissen, wie die Theatergruppe finanziert wurde?«

»Tut mir leid. Nein.« Gloria biss sich auf die Unterlippe. »Ich wünschte, ich könnte hilfreicher sein.«

»Ich nehme an, dass Sie die Eintrittskarten über Ihre Vorverkaufsstelle verkauft haben. Was passiert mit dem Geld, das Sie damit verdienen?«

»Wir bewahren das Geld bis nach der Aufführung auf, und dann wird es auf das Bankkonto der Theatergruppe überwiesen. Natürlich abzüglich der Kreditkartengebühren und anderer Ausgaben.«

»Das bedeutet, dass Jeremy Knight erst in der Woche der Show Zugang zu diesen Geldern hätte.«

»Richtig«, sagte Gloria. »Nicht, dass es viel ausgemacht hätte. Wie gesagt, es waren kaum Karten verkauft worden. Um ehrlich zu sein, waren wir ein wenig besorgt, dass er uns den Restbetrag für die Theatermiete nicht zahlen würde. Wenn die Verkaufszahlen nicht deutlich angestiegen wären, hätte das Stück eine Menge Geld verloren.«

Grant nickte langsam. »Danke, Miss Gleason, Sie waren sehr hilfreich.«

»Mit Vergnügen. Bitte kommen Sie wieder, wenn Ihnen noch etwas einfällt.«

»Das werden wir«, antwortete Grant, bevor er sich zum Gehen wandte.

Zurück auf der Straße blieb er stehen und drehte sich zu Patterson um. »Was halten Sie von all dem?«

Patterson dachte einen Moment nach, bevor sie sagte: »Die Theatergruppe war offensichtlich in Schwierigkeiten, und Jeremy Knight hatte noch keinen Zugang zu den Mitteln aus dem Kartenverkauf.«

»Und wir wissen, dass er kein Geld von seiner Frau bekommen hat.«

»Das heißt, er hat es auf eine andere Weise gefunden.« Patterson blickte die Straße hinunter. »Wollen Sie die Bank besuchen? Vielleicht können wir dort erfahren, woher das Geld stammt.«

»Nein. Ohne eine Vorladung werden sie uns nichts sagen, und es wird eine Weile dauern, bis wir die bekommen. Ich denke, wir sollten jetzt zurück zum Hotel fahren und sehen, was wir über die GmbH der Theatergruppe herausfinden können. Irgendetwas stimmt an der ganzen Sache nicht, und ich will wissen, was.«

15

Um halb acht abends klopfte Grant an Pattersons Zimmertür und schlug vor, dass sie zusammen zu Abend essen sollten. Sie hatten den Nachmittag damit verbracht, getrennt zu arbeiten: Grant recherchierte über die Theatergruppe und Patterson über die Ehefrau.

Sie fuhren ein paar Kilometer die Straße hinunter zu einer Pizzeria und bestellten eine große Peperoni Pizza, die sie sich teilen wollten, bevor sie sich über die Entdeckungen des Nachmittags austauschten.

»Ich habe in den Unterlagen der Theatergesellschaft nachgesehen«, sagte Grant, während sie auf das Essen warteten. »Das Unternehmen wurde vor einem Monat gegründet, mit Jeremy Knight als alleinigem Eigentümer. Sieht aus, als hätte er den Papierkram selbst ausgefüllt. Außer einer Adresse für die Wohnung, die er nach dem Auszug aus dem Familienhaus gemietet hat, gibt es nicht viel mehr Informationen.«

»Es sagt uns, dass er nicht mit jemand anderem ins Geschäft gekommen ist«, sagte Patterson. »Das schließt die

Möglichkeit aus, dass er das kreative Talent war, während ein Partner die Finanziellen Mittel bereitstellte.«

»Richtig. Das schließt nicht aus, dass es einen Investor gibt, aber er besitzt keine Anteile an der Theatergesellschaft.«

»Glauben Sie wirklich, dass jemand sein hart verdientes Geld in ein unerprobtes Theaterunternehmen stecken würde, das darum kämpft, Karten für seine erste und einzige Produktion zu verkaufen?«

»Das ist eine Frage, die wir beantworten müssen«, sagte Grant nachdenklich. »Ich habe auch den Scheidungsanwalt von Linda Knight kontaktiert. Er weiß nichts über das Bankkonto der Theatergesellschaft, und es wurde auch in keinem der von Jeremy eingereichten Finanzunterlagen erwähnt.«

»Hat er Gelder versteckt?«

»Nicht unbedingt. Sie lebten bereits getrennt, als er das Unternehmen gründete, so dass er nicht verpflichtet war, die LLC einzubeziehen, es sei denn, sie wurde mit gemeinsamen Geldern finanziert.«

»Was, wie wir wissen, nicht der Fall war.«

»Richtig.«

»Nichts davon bringt uns der Frage näher, woher er das Geld für die Aufführung seines Theaterstücks hatte. Wir wissen, dass er nicht gearbeitet hat, weil das College ihn zu diesem Zeitpunkt schon gefeuert hatte.« Patterson runzelte die Stirn. »Es sei denn, er hat irgendwo anders einen Job angenommen.«

»Falls er einen Job hatte, wusste Linda Knight nichts davon. Außerdem habe ich eine Kopie des Probenplans für das Stück bekommen, und er war in den letzten zwei Wochen jeden Tag im Theater. Wenn er einen anderen Job hatte, dann nur einen Teilzeitjob, der sicher nicht genug Geld für die Theatergruppe eingebracht hätte.« Als die Pizza kam, verstummte Grant. Er wartete, bis der Kellner gegangen war, bevor er fortfuhr. »Haben Sie heute Nachmittag etwas Nützliches herausgefunden?«

»Das kann man wohl sagen.« Patterson legte ein Stück Pizza auf ihren Teller. »Ich glaube, ich habe einen weiteren Verdächtigen gefunden.«

»Wirklich?« Grant schaute sie mit großen Augen an. »Wen?«

»Linda Knight hat einen Bruder. Ein Typ namens Stephen Canning. Er ist ein Mechaniker. Er arbeitet in einem Laden in East Hampton. Und hören Sie sich das an, er ist wegen Körperverletzung vorbestraft.«

»Interessant.« Grant begann seine Pizza zu essen. »Was hatte er getan?«

»Vor etwa zehn Jahren geriet er in eine Kneipenschlägerei. Er schlug einen Typen zusammen, der seine Freundin ansprach.«

»Eine betrunkene Schlägerei wegen eines Mädchens macht ihn nicht zum Mörder.«

»Da liegen Sie richtig. Aber das ist nicht der einzige Vorfall. Vor sechs Jahren lebte er in Queens und arbeitete in einer Autoreparaturwerkstatt. Es gab eine Auseinandersetzung mit einem verärgerten Kunden, es entstand ein heftiger Wortwechsel, dann ging er mit einem Kugelhammer auf den Mann los.«

»Jetzt kommen wir der Sache schon näher«, sagte Grant. Er lehnte sich nach vorne und stützte die Ellbogen auf den Tisch. »Was ist passiert?«

»Es wurde eigentlich niemand verletzt. Ein paar der anderen Angestellten konnten den Streit gerade noch rechtzeitig beenden. Der Kunde erstattete Anzeige bei der Polizei und Canning wurde verhaftet. Er wurde zu einer Bewährungsstrafe verurteilt, nachdem er auf eine geringere Anklage plädiert hatte. Das kostete ihn auch seinen Job. Die Autowerkstatt wollte nichts mehr mit ihm zu tun haben.«

»Das ist verständlich. Mitarbeiter, die mit einem Hammer auf Kunden losgehen, können nicht gut fürs Geschäft sein.«

»Aber es zeigt eine Neigung zur Gewalt und der Hammer ist seine bevorzugte Waffe.

»Und ich bin sicher, dass er Jeremy Knight nicht besonders mag, wenn man bedenkt, was der Kerl seiner Schwester angetan hat. Vielleicht wollte er unserem Opfer eine Lektion erteilen.«

»Das macht Sinn. Er hätte sicherlich die Kraft, ein solches Verbrechen zu begehen«, sagte Grant. »Haben Sie die Adresse seines derzeitigen Arbeitgebers?«

»Ja. Bereits in meinem Handy.«

»Gut.« Grant lehnte sich in seinem Stuhl wieder zurück. »Lassen Sie uns gleich morgen früh Stephen Canning einen Besuch abstatten. Mal sehen, was er zu sagen hat.«

»Hört sich gut an.« Patterson verputzte ein zweites Stück Pizza. Sie betrachtete die restliche Pizza auf dem Tablettständer neben dem Tisch. »Wollen Sie noch etwas davon?«

»Nein. Ich hatte schon genug. Ich glaube, ich bin satt«, sagte Grant mit einem Grinsen. Er klopfte sich auf den Bauch. »Ich muss auf meine Figur achten.«

»Das hat Sie vorhin nicht gestört, als Sie das Hero Sandwich vertilgt haben.«

»Das liegt daran, dass es nicht vor Fett schwamm. Und ich habe Ihnen doch schon gesagt, es ist ein Spukie.«

»Stimmt. Wie könnte ich das vergessen.« Patterson schaute auf die Pizza. »Letzte Chance.«

»Wirklich. Ich bin fertig.« Grant schüttelte den Kopf.

»Wenn das so ist«, sagte Patterson und schaute sich nach

dem Kellner um, um nach einer Box zum Mitnehmen zu fragen, »dann nehmen wir sie mit ins Hotel. Ich liebe kalte Pizza zum Frühstück.«

16

Nach dem Abendessen kehrten sie zum Hotel zurück. Grant begleitete Patterson zu ihrem Zimmer und trat ein, während sie ihm die Informationen über Stephen Canning per E-Mail schickte, die sie herausgefunden hatte.

Als sie fertig war, schaute sie von ihrem Laptop auf. »So, Sie sollten es jeden Moment in Ihrer E-Mail haben.«

Grant dankte ihr und hielt ihr den Pizzakarton hin. Er warf einen Blick auf den Mini-Kühlschrank, der unter dem Tresen neben dem Waschbecken stand. »Ist da drin noch Platz für das Ding?«

»Behalten Sie die Pizza. Sie könnten hungrig werden. Sie hatten nur ein paar Stücke.«

»Ehrlich gesagt, brauche ich die Versuchung nicht. Ich versuche, direkt vor dem Schlafengehen nichts zu essen. Sie haben wahrscheinlich mehr Willenskraft als ich.« Grant ging zum Kühlschrank und schob den Pizzakarton hinein. Als er sich wieder umdrehte, wanderte sein Blick zum Nachttisch und dem silbernen Bilderrahmen, der darauf stand. Er ging hinüber und nahm ihn in die Hand. »Was ist das?«

»Erinnerungen an die Vergangenheit«, sagte Patterson. »Mein Vater hat ihn mir gestern Abend gegeben, bevor Sie mich angerufen haben.«

»Sind Sie eines dieser beiden Mädchen?« Grant sah von dem Foto im Rahmen auf.

Patterson nickte. »Ich und meine Schwester.«

»Es ist schwer zu sagen, wer von Ihnen beiden wer ist«, sagte Grant. »Sie sehen sich beide so ähnlich.«

»Nicht so sehr. Mein Haar war heller, und unsere Augen haben nicht dieselbe Farbe. Meine sind blau.«

»Und die Ihrer Schwester?«

»Grau, was anscheinend ziemlich selten ist.«

Grant studierte das Foto. »Das hilft mir trotzdem nicht weiter.«

»Ich sitze links. Die Jüngere, die nicht so aussieht, als würde sie lieber einkaufen gehen.«

»Ah. Die Schwester fischt nicht gerne, was?«

»Fischte nicht gern. Vergangenheitsform.« Patterson stand auf und durchquerte das Zimmer. Sie nahm Grant den Rahmen aus der Hand und legte ihn zurück auf den Nachttisch.

Grant trat zurück und sah verlegen aus. »Ich habe das Gefühl, dass ich gerade ins Fettnäpfchen getreten bin.«

Patterson schüttelte den Kopf. »Es ist etwas Persönliches, das ist alles.«

»Nun, ich entschuldige mich trotzdem. Ich wollte meine Grenzen nicht überschreiten.«

»Ist schon gut.« Patterson setzte sich auf die Bettkante und betrachtete das Foto, dann sah sie zu Grant auf. »Aber Sie müssen doch schon von meiner Schwester wissen. Sicherlich haben Sie meine FBI-Akte gesehen.«

»Warum? Weil ich Ihre Privatadresse habe? Ich habe Ihnen doch gesagt, dass ich unbedingt wissen muss, wo alle meine

Agenten wohnen, damit ich sie jederzeit mobilisieren kann. Das heißt aber nicht, dass ich in die Verwaltung gegangen bin und Sie gestalkt habe. Außerdem könnte ich das nicht, selbst wenn ich es wollte. Ich bin ein Supervisory Special Agent, nicht Ihr SAC. Die lassen mich nicht einfach so in den Personalakten herumstöbern.«

»Ich habe einfach angenommen, Sie wüssten es.«

»Sie könnten mir jetzt davon erzählen.«

»Es ist wirklich nicht so interessant.«

»Was auch immer passiert ist, es hat Sie offensichtlich mitgenommen, Ihrer Reaktion nach zu urteilen.« Grant setzte sich neben sie auf das Bett. »Hören Sie, Sie müssen mir nichts davon erzählen, aber wenn Sie jemals darüber reden wollen, ich werde zuhören.«

»Das weiß ich zu schätzen.« Patterson sah auf ihre Uhr. »Es ist noch früh. Ich habe auf der Rückfahrt eine Bar in der Nähe des Hotels gesehen. Wir könnten dorthin laufen. Wollen wir etwas trinken gehen?«

»Lieber nicht. Es wäre vielleicht besser, wenn wir früh ins Bett gehen.« Grant stand auf. »Ich möchte morgen früh nicht hier herumhängen. Wenn Stephen Canning unser Mann ist, dann möchte ich das lieber früher als später wissen.«

»Natürlich.« Patterson sah zu, wie Grant sich auf den Weg zur Tür des Hotelzimmers machte. Bevor er hinausging, ergriff sie noch einmal das Wort. »Der Name meiner Schwester war Julie. Sie war sechs Jahre älter als ich.«

Grant blieb stehen und drehte sich zu ihr um. Er stand wortlos in der Tür, seine sanften Augen suchten ihr Gesicht ab.

»Nicht lange nachdem dieses Foto gemacht wurde, ging sie aufs College. Dann ist sie verschwunden.«

Grant schluckte. »Tut mir leid, das zu hören.«

Patterson spürte, wie eine Träne ihr über die Wange rollte. Sie begegnete Grants Blick.

Als es offensichtlich wurde, dass sie nicht weiter darauf eingehen würde, räusperte sich Grant. »Schlafen Sie gut, Special Agent Blake. Schlafen Sie gut.« Mit diesen Worten drehte er sich um, ging durch die Tür und schloss sie hinter sich.

Patterson saß noch eine Weile auf dem Bett und dachte an ihre Schwester, dann stand sie auf und machte sich bettfertig. Sie war sich nicht sicher, warum sie Jonathan Grant von Julie erzählt hatte. Sie sprach selten über das Trauma ihrer Teenagerjahre und das Verschwinden ihrer Schwester. Es war eine Familienangelegenheit. Es war privat. Aber der gutaussehende Special Agent hatte etwas an sich. Trotz seines rauen Äußeren besaß er ein sanftes Wesen, das ihr ein Gefühl der Sicherheit gab. Und obwohl er mindestens acht Jahre älter war als sie, konnte sie nicht anders, als sich zu ihm hingezogen zu fühlen. Vielleicht lag es daran, dass sie sich seit ihrer Ausbildung in Quantico keine Zeit für romantische Beziehungen genommen hatte und nun mit diesem selbstsicheren und fähigen Mann, der nicht gerade unansehnlich war, zusammenarbeiten musste. Oder vielleicht war sie einfach nur einsam und wollte mehr vom Leben als eine leere Wohnung und einmal pro Woche ein Abendessen mit ihrem Vater.

Wie auch immer, es spielte keine Rolle. Sie konnte ihren Gefühlen kaum nachgeben. Sie waren Arbeitskollegen. Eigentlich nicht einmal das. Er war ihr Vorgesetzter, und das FBI hatte sicher irgendwelche Regeln, was Beziehungen zwischen Kollegen anging. Außerdem sah Jonathan Grant wahrscheinlich nur einen neuen Agenten in ihr, der noch feucht hinter den Ohren war. Mit dem Entschluss, dass ihre plötzliche und überraschende Anziehung zu Special Agent

Jonathan Grant bestenfalls eine vorübergehende Verliebtheit und schlimmstenfalls eine schreckliche Idee war, verdrängte Patterson alle Gedanken an diesen Mann aus ihrem Kopf, schaltete den Fernseher ein und kletterte ins Bett.

Zwanzig Minuten später surrte ihr Telefon. Sie sah auf das Display und fand eine Textnachricht von Grant.

Danke, dass Sie mir von Julie erzählt haben.
Ich weiß, wie schwer es für Sie gewesen sein muss.

Patterson las die Nachricht, während ihre Finger über dem Bildschirm schwebten, als sie über eine Antwort nachdachte, aber dann legte sie das Telefon zurück auf den Nachttisch, ohne zu antworten. Jonathan Grant war ihr heute Abend unter die Haut gegangen, und Patterson war sich nicht sicher, was sie davon hielt.

17

Grant stand am nächsten morgen früh mit zwei großen Bechern Kaffee vor Pattersons Tür, den zweiten Tag in Folge.

»Damit sollten Sie vorsichtig sein«, sagte sie und nickte in Richtung der Kaffeebecher, als sie ihn hereinließ. »Ich könnte mich daran gewöhnen, und Sie werden mir jeden Morgen Kaffee bringen müssen.«

»Ich hatte schon schlimmere Jobs«, antwortete Grant mit einem Lächeln. »Sind Sie bereit, sich auf den Weg zu machen, Partner?«

»Sicher.« Patterson war schon seit einer halben Stunde auf und angezogen. Im kalten Licht des Tages kam ihr die plötzliche Anziehung zu Grant am Vorabend dumm vor, aber trotzdem verriet sie ihr Magen mit einem kleinen Kribbeln, als sie ihn ansah. Sie ignorierte es, steckte ihre Glock in das Schulterholster und zog sich eine Jacke über, um die Waffe zu verdecken. »Gehen wir zu Stephen Canning?«

»Das ist der Plan.« Grant wandte sich wieder der Tür zu.

»Warten Sie mal.« Patterson lief zum Kühlschrank und

öffnete ihn. Sie holte den Pizzakarton heraus und eilte dann Grant hinterher.

Er warf ihr einen fragenden Blick zu, als sie die Tür des Hotelzimmers schloss und ihm den Bürgersteig hinunter zum Auto folgte. »Essen Sie das wirklich?«

»Was?«

»Pizza zum Frühstück«.

»Aber sicher.« Patterson nickte. »Es gibt nichts Besseres, um den Tag zu beginnen.«

»Das glaube ich Ihnen aufs Wort.« Grant schloss das Auto auf.

»Wollen Sie auch?« fragte Patterson, kletterte auf die Beifahrerseite und öffnete den Karton.

»Ich glaube, ich verzichte.«

»Ihr Pech.« Patterson nahm ein großes Stück heraus, schälte den harten Käse vom Boden der Schachtel und nahm einen Bissen. »Das ist wirklich gut. Wenn überhaupt, ist es besser als gestern Abend.«

»Ich verlasse...«

»Ich weiß. Sie verlassen sich auf mein Wort.« Sie mampfte fröhlich die Pizza, während sie durch die Stadt fuhren und auf die State Route Twenty-Seven in Richtung East Hampton abbogen. Fünfzehn Minuten später erreichten sie ein Industriegebiet voller kleiner Lagerhallen mit Rolltoren. Eine Reihe von Transportern und mittelgroßen Lastwagen standen vor den Gebäuden, wovon einige mit Waren beladen wurden.

Die Autowerkstatt, in der Stephen Canning arbeitete, befand sich am Ende einer Reihe von Lagerhallen, neben einer Rasenfläche voll mit geparkten Autos, von denen einige so aussahen, als wären sie schon lange nicht mehr gefahren worden. Die Tür der Halle war offen, und sie konnten einen Geländewagen auf einer Hebebühne sehen unter dem ein Mechaniker arbeitete.

Grant fuhr hinter einen Chevy Impala mit zerbeulter Stoßstange. »Das muss es sein.«

Patterson beobachtete den Mann, der unter dem Auto arbeitete. »Ob er das wohl ist?«

»Es gibt nur einen Weg, das herauszufinden.« Grant schnallte sich ab, öffnete seine Tür und stieg aus dem Auto.

Patterson tat es ihm gleich, und gemeinsam gingen sie in Richtung Werkstatt.

Als sie eintraten, blickte der Mechaniker auf. »Kann ich Ihnen helfen?«

»Wir suchen nach Stephen Canning. Sind Sie das?«

»Wer will das wissen?«

»FBI«, antwortete Grant und zeigte seinen Ausweis vor. »Sind Sie Stephen Canning?«

»Nein.« Der Mechaniker wirkte nervös. Er war es offensichtlich nicht gewohnt, dass FBI-Agenten bei seiner Arbeit auftauchten. Er drehte sich um und rief einem anderen Mechaniker weiter hinten im Gebäude zu. »Hey, Frankie. Wo ist Steve?«

»Draußen, glaube ich. Er sagte, er wolle eine rauchen.«

Der Mechaniker wandte sich wieder an Patterson und Grant. »Er ist draußen an der Hintertür.«

»Wie kommen wir dahin?« fragte Grant.

Der Mechaniker nickte in Richtung eines Korridors hinter einem Büro mit einem großen Glasfenster, das einen Blick auf die Buchten bot. »Gehen Sie dort entlang, an den Toiletten vorbei und dann nach links. Letzte Tür.«

»Danke.« Grant fuhr los und folgte den Anweisungen des Mechanikers.

Patterson folgte ihm. »Es ist ein bisschen früh für eine Pause, finden Sie nicht auch?«

»Ich schätze, er ist kein vorbildlicher Angestellter«, sagte Grant, als sie sich der Tür näherten, die mit einem Ziegelstein offengehalten wurde, um zu verhindern, dass sie sich ganz schloss.

Stephen Canning stand auf der anderen Seite, lehnte an der Rückwand des Gebäudes und zog an einer Zigarette. Als sie nach draußen traten, richtete er sich auf und spitzte die Lippen, und blies den Rauch aus.

»Sie müssen sich verlaufen haben. Dies ist der private Bereich. Nur für Angestellte.«

»Wir haben uns nicht verirrt«, sagte Grant, ohne sich die Mühe zu machen, die Identität des Mannes anhand des Namensschildes zu überprüfen, das auf seinem blauen Overall aufgenäht war. »Wir sind hier, um mit Ihnen zu reden.«

»Mit mir?« Canning schnippte die Reste der Zigarette auf den Boden und zertrat sie mit dem Absatz. »Würden Sie mir sagen, wer Sie sind?«

Grant stellte sich und Patterson vor und bemerkte, wie Cannings Gesicht an Farbe verlor, als er erkannte, dass es sich um FBI-Agenten handelte. »Wir würden Ihnen gerne ein paar Fragen über Ihre Schwester und ihren Mann stellen.

»Ihr Mann ist tot. Jemand war so vernünftig, ihn mit einem Hammer zu verabschieden.«

»Das wissen wir.« Patterson gab sich keine Mühe, die Verachtung in ihrer Stimme zu verbergen. »Das scheint Sie nicht sehr aus der Fassung zu bringen.«

»Warum sollte es das? Der Mann war ein Drecksack. Er hat Linda betrogen.«

»Das wissen wir auch«, sagte Grant. »Was wir nicht wissen, ist, wer ihn getötet hat.«

»Lassen Sie mich raten: Sie haben meine alte Strafakte gesehen und denken, ich hätte etwas damit zu tun.«

»Das kam uns in den Sinn.«

»Nun, ich war es nicht.« Canning grub seine Hände in die

Taschen. »Ich habe Jeremy Knight seit Monaten nicht mehr gesehen. Nicht, seit meine Schwester ihn rausgeschmissen hat.«

»Sind Sie sich da sicher?« fragte Patterson.

»Ich denke, ich wüsste es, wenn ich ihn gesehen hätte.«

»Haben Sie ein Alibi für die Mordnacht?« Grant trat näher an Canning heran, als erwarte er, dass er weglaufen würde.

Der Mann rannte nicht weg. Stattdessen begegnete er Grants Blick mit kühler Gleichgültigkeit. »Nicht, dass Sie das überprüfen könnten.«

»Das ist praktisch«, sagte Patterson.

»Ich habe nicht erwartet, dass ich ein Alibi brauchen würde, sonst wäre ich nicht so unvorsichtig gewesen.«

»Okay, wir haben es verstanden«, sagte Grant. »Sagen Sie uns trotzdem, wo Sie waren.«

»Ich war die ganze Nacht zu Hause. Habe mir einen Film angesehen und bin dann vor Mitternacht ins Bett gegangen.«

»Alleine?«

Canning nickte. »Ich habe im Moment keine Freundin.«

»Und Sie haben den ganzen Abend das Haus nicht verlassen?«

»Nicht bevor ich am nächsten Morgen zur Arbeit ging.« Canning warf einen Blick zur Tür. »Wenn Sie keine Fragen mehr haben, ich muss einen kaputten Kühler reparieren.«

»Ich glaube, das war's erst einmal«, sagte Grant.

»Danke.« Canning schob sich an den beiden FBI-Agenten vorbei und ging zurück ins Gebäude.

Grant trat zur Seite, um ihn vorbeizulassen, und sprach dann erneut. »Welcher Film?«

»Hm?« Canning drehte sich verwirrt zu ihnen um.

»Welchen Film haben Sie gesehen?«

»Ich verstehe nicht, was das damit zu tun haben soll.«

»Ich bin neugierig, das ist alles.«

»Der Film über den Killerhai. Jaws. Er lief auf einem dieser klassischen Filmkanäle. Sind wir jetzt fertig?«

Grant nickte.

Canning verweilte noch einen Moment und sah die Agenten an, dann drehte er sich um und verschwand wieder im Gebäude.

18

Glauben Sie dem Bruder von Linda Knight, dass er ihren Mann seit Monaten nicht mehr gesehen hat?« fragte Patterson, als sie von East Hampton zurück nach Montauk fuhren.

»Ich habe keinen Grund, ihm nicht zu glauben«, antwortete Grant. »Aber das heißt nicht, dass er die Wahrheit sagt.«

»Haben Sie ihn deshalb nach dem Film gefragt?«

»Ich dachte mir, es wäre interessant zu sehen, ob er wenigstens eine Antwort hat.«

Patterson tippte auf ihrem Telefon herum. Nach einem Moment fand sie wonach sie suchte und sagte, »Es war der richtige Film. Der weiße Hai lief vor zwei Tagen auf TCM. Er lief um 22 Uhr.«

»Nur weil er wusste, dass der Film lief, heißt das nicht, dass er ihn gesehen hat. Nicht, dass wir eine Möglichkeit hätten, das herauszufinden.

»Und was bedeutet das für uns?«

»Ich bin immer noch auf der Suche nach Antworten, genau wie vorher. Grant hielt nachdenklich inne. »In der Nähe des Theaters gibt es mehrere Restaurants. Ich frage mich, ob jemand in der Nacht des Mordes etwas Ungewöhnliches gesehen hat.«

»Ich bin sicher, dass Detektiv Ahlstrom bereits Aussagen aufgenommen hat.«

»Wie wir bereits festgestellt haben, ziehe ich es vor, meine eigenen Fragen zu stellen. Ich denke, es ist an der Zeit, dass wir an ein paar Türen klopfen. Die Kunden waren bestimmt schon lange weg, aber einige der Angestellten haben in dieser Nacht vielleicht noch gearbeitet. Vielleicht haben wir ja Glück und finden einen Zeugen, der Licht auf die ganze Sache wirft.«

»Es ist einen Versuch wert. Wir haben keine anderen Spuren«, sagte Patterson. »Es könnte sich auch lohnen, der Wohnung von Jeremy Knight einen Besuch abzustatten.«

»Sie denken dasselbe wie ich. Das stand schon auf meiner To-Do-Liste für heute. Ich habe das heute Morgen mit Detektiv Ahlstrom geklärt, als ich den Kaffee geholt habe. Er trifft Vorkehrungen, damit wir heute noch dorthin fahren können.«

»Der Kerl muss Sie lieben, bei all diesen Anrufen am frühen Morgen«, sagte Patterson, als sie in die Hauptstraße von Montauk einfuhren und einen Parkplatz fanden.

»Er war nicht gerade freundlich.« Grant stellte den Motor ab und öffnete seine Tür. »Ich muss gestehen, dass ich ihn absichtlich früh angerufen habe. Die Einstellung des Mannes macht mich wütend. Er hatte kein Recht, Sie so schlecht zu behandeln, als wir am Tatort ankamen.«

»Das ist in Ordnung. Das ist nicht das erste Mal, dass ich so behandelt wurde, und ich bin sicher, es wird auch nicht das letzte Mal sein.«

»Das macht es aber nicht okay.« Grant kletterte aus dem Auto und wartete darauf, dass Patterson zu ihm kam. Er schaute nach links und rechts, um die besten Ziele zu finden, und nickte dann in Richtung eines italienischen Restaurants am Ende des Blocks, das einen Essbereich auf dem Bürgersteig hatte. »Das scheint ein guter Ort zu sein, um anzufangen.

»Ich bezweifle, dass jemand draußen gegessen hat«, sagte Patterson, als sie sich auf den Weg zur Trattoria machten. »Sie müssen gerade geschlossen haben, als der Mord geschah, ganz zu schweigen davon, wie kühl es an diesem Abend war.«

»Einen Versuch ist es trotzdem wert. Mit etwas Glück hat einer der Angestellten etwas gesehen, als sie die Arbeit verließen.«

Patterson wollte gerade sagen, dass Detektiv Ahlstrom in diesem Fall wahrscheinlich schon mit ihnen gesprochen hatte und Bescheid wusste, als sie innehielt. Irgendetwas hatte ihren Blick auf den Laden gelenkt, an dem sie gerade vorbeikamen. Es war ein Bekleidungsgeschäft, die Schaufenster waren voll mit knalligen Urlaubskleidern. Aber es waren nicht die bunten Hemden und die grässlich gemusterten Kleider, die ihre Aufmerksamkeit erregt hatten. Es war ein viel kleinerer Gegenstand, der in der oberen Ecke des Schaufensters an der Decke befestigt war. Er war so ausgerichtet, dass er auf die Eingangstür des Ladens gerichtet war und so einen weiten Blick auf die Straße draußen ermöglichte.

Eine kompakte Sicherheitskamera, die fast nicht zu sehen war.

Patterson griff nach Grants Arm. »Ich wette, der Winkel der Kamera ist weit genug, dass wir den vorderen Teil des Theaters sehen können.«

»Ich glaube, Sie haben Recht«, sagte Grant, dessen Stimme vor Aufregung anschwoll.

»Und außerdem wette ich, dass Detektiv Ahlstrom sie völlig übersehen hat. Ich habe sie nur gesehen, weil ich zufällig genau zur richtigen Zeit hochgeschaut habe. So in der Ecke ist sie kaum zu sehen.«

»Und deshalb kontrollieren wir alles selbst.« Grant war bereits auf dem Weg zur Tür. »Diese Untersuchung entpuppt sich als hervorragendes Praxistraining.«

»Ich wette, Sie sind froh, dass Sie mich mitgenommen haben«, sagte Patterson und war mit sich selbst zufrieden. »Sogar Sie sind direkt daran vorbeigelaufen.«

»Seien Sie nicht so übermütig.« Grant stieß die Tür auf und betrat den Laden. Über ihnen bimmelte eine Glocke, um den Verkäufer darauf aufmerksam zu machen, dass sie Kunden hatten. »Niemand mag einen Angeber.«

»Ich bin nicht übermütig«, sagte Patterson entrüstet. »Ich habe nur darauf hingewiesen...«

»Nun, was haben wir denn hier?« Eine Frau mittleren Alters mit blondiertem Haar erschien und unterbrach Patterson mitten im Satz. »Ein paar Turteltauben auf Kreuzfahrt, die nach passenden Outfits suchen?«

»Oh, wir sind nicht zusammen«, sagte Patterson schnell.

»Und wir machen keine Kreuzfahrt«, fügte Grant hinzu, seine Stimme war ein leises Grollen. »Ich kann Kreuzfahrten nicht ausstehen.«

»Nun, das ist aber schade. Ihr seid so ein süßes Paar. Ihr seht...« Die Frau hielt inne und sah sie abschätzend an. »Wie füreinander geschaffen.«

»Tun wir das?« Die Worte entschlüpften Patterson, bevor sie merkte, was sie da sagte. Ihre Wangen erröteten.

Grant verdrehte die Augen und zeigte auf die Überwachungskamera. »Funktioniert das Ding?«

»Ja, natürlich. Wir haben es letztes Jahr eingebaut. Wir hatten einige Probleme mit Ladendieben.«

»Wirklich?« sagte Grant und ließ seinen Blick über die Schaufensterpuppen schweifen, die in fluoreszierende Jacken, neonfarbene Sommerkleider und Hawaiihemden gekleidet waren.

»Da Sie sich für die Kamera interessieren, nehme ich an, dass Sie nicht zum Einkaufen hier sind«, sagte die Frau und klang ein wenig enttäuscht.

»Das ist richtig«, antwortete Patterson und identifizierte sich und Grant als FBI-Agenten, bevor sie zur Sache kam. »Wir untersuchen den Mord vor zwei Nächten im Phoenix Theater.«

»Ich habe davon gehört. Eine unangenehme Sache.« Die Stimme der Frau hatte ihre Heiterkeit verloren. »So eine Schande. Wir wollten die Kostüme für das Stück zur Verfügung stellen und dafür eine Werbeanzeige im Programmheft bekommen. Das wird jetzt wohl nichts mehr.«

»Das kann ich wirklich nicht sagen«, sagte Grant. »Arbeitet die Kamera vierundzwanzig Stunden am Tag?«

»Ja.« Die Frau blickte in Richtung der Kamera. »Sie ist mit einem Laptop in meinem Büro verkabelt. Die Aufnahmen werden auf der Festplatte gespeichert. Wir bewahren die Aufnahmen standardmäßig dreißig Tage lang auf, dann löschen wir sie.«

»Sie haben also Aufnahmen aus der Zeit, als der Mord geschah?«

»Ja, ich denke, das könnten wir. Daran habe ich nicht gedacht. Sonst hätte ich mir die Aufnahmen angeschaut und die Polizei verständigt. Die Kamera hat ein ausgezeichnetes Sichtfeld. Man kann die Straße bis hinunter zum Theater sehen.«

»Dürfen wir es uns ansehen?« fragte Patterson.

»Sicher. Kommen Sie hier entlang.« Die Frau drehte sich um und ging in den hinteren Teil des Ladens. Sie führte sie in ein Büro, in dem sich auf der einen Seite Metallregale mit Kisten stapelten, auf denen *»Made in China« stand*. Auf der anderen Seite befand sich ein Schreibtisch, auf dem der bereits erwähnte Laptop stand. Ein älteres Windows-Gerät mit einem großen Bildschirm.

Die Frau setzte sich an den Schreibtisch, hackte auf der Tastatur herum und suchte in den Dateiordnern, bis sie einen fand, der mit dem Datum des Mordes gekennzeichnet war. Darin befanden sich Dutzende von Videodateien, die mit einem Zeitstempel versehen waren. Sie blickte zu den FBI-Agenten auf. »Die Kamera zeichnet nicht kontinuierlich auf. Das würde die Festplatte überfüllen. Sie wird durch Bewegung aktiviert. Sie nimmt oft Autos und Lastwagen auf, die die Straße entlangfahren. Allerdings nicht so oft um diese Zeit. Nach Ladenschluss ist nicht mehr viel los.«

»Was ist mit Fußgängern auf dem Bürgersteig?« fragte Patterson.

»Sie nimmt sie auf, wenn sie sich in der Nähe der Kamera befinden«, antwortete die Frau. »Sie wird aufgezeichnet haben, wie Sie beide den Laden betreten haben. Aber ganz unten beim Theater ist es unwahrscheinlich, dass ein Fußgänger die Kamera auslöst, vor allem in der Dunkelheit. Wir haben die Empfindlichkeit nicht hoch eingestellt, weil die Kamera dann tagsüber alle fünf Sekunden auslösen würde. Wir sind wirklich nur daran interessiert, Leute aufzuzeichnen, die den Laden betreten.

Patterson sah Grant an. »Wenn unser Mörder zu Fuß unterwegs war, wird diese Kamera nutzlos sein.«

»Ich würde gerne sehen, was auf den Aufnahmen ist«, sagte Grant.

»Da haben wir's«, sagte die Frau. »Es gibt nur eine Handvoll Dateien aus der späten Nacht, zumindest bis die Polizei auftauchte.«

Patterson und Grant traten näher an den Schreibtisch heran und beugten sich über ihre Schulter, während die Frau eine Videodatei nach der anderen öffnete. Meistens zeigten sie Autos, die vorbeifuhren und ihren Weg fortsetzten. Eine Aufnahme war jedoch anders. Sie zeigte einen Pickup, der vor dem Haus anhielt. Die Fahrertür öffnete sich und eine Gestalt stieg aus, die in der Dunkelheit kaum zu erkennen war. Die Gestalt verschwand in der Gasse, in der sich der Bühneneingang befand. Ein paar Minuten später tauchte die Gestalt wieder auf, rannte zum Pickup, sprang hinein und fuhr davon.

»Wir hatten wohl Glück«, sagte Grant. »Unser Killer war so freundlich, und hat die Kamera mit seinem Truck ausgelöst.«

»Die Frage ist, wer ist das?« fragte Patterson. »Es ist so dunkel, dass man nur eine verschwommene Gestalt sieht.«

»Der Fahrer ist vielleicht nicht zu erkennen, aber wir können möglicherweise das Nummernschild seines Wagens lesen«, sagte Grant. Er wandte sich an die Verkäuferin. »Können Sie das noch größer machen?«

»Das kann ich, aber es wird schwer zu sehen sein«, antwortete sie. »Es ist eine billige Kamera, sie hat keine Nachtsichtfunktion.«

»Ich nehme, was ich kriegen kann.« Grant zeigte auf das Heck des Trucks. »Zoomen Sie auf das Nummernschild.«

Die Verkäuferin nickte und tippte auf ein kleines Plus-Symbol in der rechten unteren Ecke der Video-App, bis das Nummernschild das Bild ausfüllte.

»Es ist schwer zu entziffern«, sagte Patterson enttäuscht. »Ich kann nur die letzten drei Ziffern lesen. Drei Eins Null. Der Rest liegt im Schatten.«

»Das ist besser als nichts.« Grant zückte sein Handy und machte ein Foto vom Bildschirm. Er tippte der Verkäuferin auf die Schulter. »Wenn ich Ihnen meine E-Mail-Adresse gebe, können Sie mir dann die Videodatei schicken?«

»Sicher.« Die Frau zuckte mit den Schultern.

»Großartig.« Grant wandte sich an Patterson. »Ich schicke das sofort ins Büro rüber, damit sie anfangen daran zu arbeiten.«

»Es kann nicht so viele Pickups geben, die mit diesen drei letzten Ziffern registriert sind«, sagte Patterson.

»Ich stimme zu«, antwortete Grant. »Und wenn wir erst einmal herausgefunden haben, wem der Truck gehört, stehen die Chancen gut, dass wir unseren Mörder haben.«

19

Sie verbrachten die nächsten neunzig Minuten damit, auf beiden Seiten der Main Street von Tür zu Tür zu gehen, um alle Geschäfte aufzusuchen, die in der Mordnacht nach Probenschluss geöffnet gewesen sein könnten, aber niemand hatte etwas gesehen. Die Aufnahmen der Überwachungskamera waren ihr einziger Anhaltspunkt, und obwohl sie keine weiteren Spuren fanden, hatte Grant große Hoffnungen, dass das Teilkennzeichen sie zum Mörder von Jeremy Knight führen würde. Jetzt saßen sie wieder im Auto und fuhren vom Stadtzentrum weg. Während der Fahrt, rief er Ahlstrom an und unterhielt sich kurz mit ihm.

»Wir können direkt zu Knights Wohnung fahren«, sagte Grant und legte auf. »Der Detektiv hat den Hausverwalter ausfindig gemacht und dafür gesorgt, dass er uns dort mit einem Generalschlüssel trifft. Er hat auch einen seiner eigenen Leute geschickt, unter dem Vorwand der Zusammenarbeit zwischen den Behörden.«

»Das ist sehr großmütig von ihm.«

»Ich glaube nicht, dass er uns mag, aber der Mann ist nicht dumm. Er braucht unsere Hilfe, und das weiß er auch.« Grant bog in eine Seitenstraße ein und folgte ihr, bis sie zu Knights Wohnhaus kamen, einem dreistöckigen viktorianischen Gebäude mit einer umlaufenden Veranda, strahlend weißer Fassade und dunkelblauen Fensterläden. Im Hof stand eine hohe Eiche, die den größten Teil des Sonnenlichts abschirmte. Auf der linken Seite des Gebäudes befand sich eine Fläche, die früher einmal ein Garten gewesen sein musste und jetzt als Parkplatz für die Mieter diente. Auf dem Parkplatz standen nur drei Fahrzeuge, darunter ein nicht gekennzeichneter Crown Victoria, der offensichtlich dem Mann im zerknitterten Anzug gehörte, der draußen neben der Veranda stand.

»Das muss der Detektiv sein, den Ahlstrom geschickt hat, um sich mit uns zu treffen«, sagte Grant und fuhr in eine Bucht neben dem nicht gekennzeichneten Polizeiwagen.

»Lassen Sie uns Hallo sagen«, sagte Patterson und öffnete ihre Autotür.

Gemeinsam überquerten sie den Parkplatz und gingen den Weg zur Veranda hinauf.

Als sie sich näherten, ging der Detektiv auf sie zu und reichte ihnen die Hand. »Sie müssen die FBI-Agenten sein. Ich bin Detektiv Jim Layton.«

Grant nickte, stellte sich und Patterson vor, schüttelte die Hand des Mannes und sah sich dann um. »Schönes Haus. Das muss ein großes Haus gewesen sein, bevor es in Mietwohnungen umgewandelt wurde.«

»Historisches Gebäude«, antwortete Layton. »Gehörte früher irgendeinem Senator oder so. Schade, dass sie es in Wohnungen aufgeteilt haben, aber so ist es wohl leichter zu vermieten. Knights Wohnung ist im zweiten Stock. Der Hausverwalter wartet dort oben mit den Schlüsseln.«

»Gehen Sie voran«, sagte Grant, als der Detektiv sich umdrehte und auf die Veranda trat.

Sie gingen hinein und durch eine breite Lobby mit Fliesenboden, dann eine Treppe hinauf in den zweiten Stock. Auf dieser Etage befanden sich drei Wohnungen. Der Hausverwalter, ein untersetzter Mann mit schütterem, grauem Haar und einer ausgeprägten Taille, wartete in der Nähe der am weitesten entfernten Tür am Ende eines kurzen, schwach beleuchteten Flurs.

»Das ist Mr. Garrett«, sagte der Detektiv. »Er hat freundlicherweise zugestimmt, uns in die Wohnung zu lassen.«

»Besser als das verstopfte Abwasserrohr, das auf meinem Plan stand, bevor Sie angerufen haben«, sagte Garrett. »Das mit Mr. Knight hat mich sehr traurig gemacht. Ich habe ihn nur einmal getroffen, aber er schien nett zu sein. Ich hoffe, Sie schnappen den Abschaum, der ihn getötet hat, und sperren ihn für eine lange Zeit weg.«

»Deshalb sind wir hier«, sagte Grant und wies auf die Tür. »Würde es Ihnen etwas ausmachen?«

»Oh, sicher.« Garrett zog einen Ring mit Schlüsseln von seinem Gürtel. Er sortierte ihn durch, bis er den richtigen gefunden hatte, und schloss die Tür auf. Er stieß sie auf und trat zur Seite. »Bitte schön.«

»Danke.« Grant, Patterson und Layton betraten die Wohnung. Als Garrett ihnen folgen wollte, drehte er sich um und hielt den Hausverwalter auf. »Es wäre mir lieber, wenn Sie draußen im Flur warten würden, wenn es Ihnen nichts ausmacht.«

»Aber natürlich.« Garrett nickte und sah ein wenig enttäuscht aus. »Ich sag Ihnen was. Ich habe unten im Keller etwas zu tun. Der Warmwasserboiler ist kaputt. Warum kommen Sie nicht und holen mich, wenn Sie fertig sind?«

»Klingt gut«, sagte Grant. Er beobachtete, wie sich der

Hausverwalter den Flur hinunter zurückzog, und wandte sich dann wieder der Wohnung zu.

»Suchen Sie irgendetwas Bestimmtes?« fragte Layton. »Wir haben hier gestern schon alles abgesucht. Wir haben nichts gefunden, was sich lohnen würde.«

»Wir werden sehen«, sagte Grant und ging an dem Detektiv vorbei in das Wohnzimmer der Wohnung. Er drehte sich zu Patterson um und nickte in Richtung einer offenen Tür. »Warum durchsuchen Sie nicht das Schlafzimmer und ich suche hier draußen.«

»Brauchen Sie mich für irgendetwas?« fragte der Detektiv.

»Danke, aber ich glaube nicht«, sagte Grant.

»Wenn das so ist, dann bin ich draußen auf der Veranda. Ich muss sowieso noch ein paar Anrufe tätigen.« Der Detektiv drehte sich um und ging.

Patterson hörte, wie sich seine Schritte im Flur und dann auf der Treppe entfernten. Während Grant begann, das Wohnzimmer zu durchsuchen, ging sie ins Schlafzimmer und sah sich um.

An der gegenüberliegenden Wand stand ein Doppelbett mit einem einfachen Messingkopfteil. Eine zerknitterte Leinendecke und ein paar Kissen lagen obendrauf. Auf einem niedrigen Schrank stand eine Auswahl von Büchern, hauptsächlich Sachbücher über Drehbuchschreiben und Regie. Unter dem Fenster stand ein billig aussehender Schreibtisch, unter den ein ebenso billiger Bürostuhl geschoben war. Darauf stand ein älteres Notebook mit aufgeklapptem Bildschirm. Patterson beschloss, dass dies der wahrscheinlichste Ort war, um etwas von Bedeutung zu finden, und ging direkt zum Schreibtisch. Sie holte ein Paar Latexhandschuhe aus ihrer Tasche und zog sie an, bevor sie den Stuhl zur Seite schob.

Zunächst sah Patterson nichts von Interesse. Nur den Laptop und einen schmutzigen Kaffeebecher. Aber in der Schreibtischschublade fand sie einen Stapel Papierkram, hauptsächlich vom Scheidungsanwalt. Es gab eine Liste von Kapitalanlagen, in der Patterson feststellte, dass das Theaterunternehmen oder das dazugehörige Bankkonto nicht enthalten war. Es gab mehrere Gerichtsdokumente, Hypothekenabrechnungen und Steuererklärungen. Dann, am Ende des Stapels, fand Patterson wonach sie suchte. Sie schnappte sich den Papierkram, blätterte ihn durch und rief dann nach Grant.

Einen Moment später erschien er in der Schlafzimmertür, die Augen erwartungsvoll aufgerissen. »Was haben Sie gefunden?«

»Einen rechtlichen Vertrag, der die Theatergesellschaft betrifft.« Patterson zeigte ihm den Papierkram. »Eine Vereinbarung zwischen Jeremy Knight und einer Firma namens Candlewood Investments. Sieht so aus, als ob er von dort das Geld für die Finanzierung der Theatergruppe bekommen hat.«

»Sagten Sie Candlewood Investments?«

»Haben Sie von denen schon gehört?«

»Ja. Das habe ich. Wie viel haben sie Knight gegeben?«

»Fünfunddreißigtausend.«

Grant pfiff. »Das ist eine Menge Geld, um es in ein angeschlagenes Theaterunternehmen zu investieren, das keine Erfolgsgeschichte vorzuweisen hat.«

»Da haben Sie recht«, sagte Patterson. »Ich denke, wir sollten herausfinden, wem Candlewood Investments gehört, und uns mit ihnen unterhalten«.

»Nicht nötig. Ich weiß genau, wo ich den Mann hinter Candlewood Investments finde.« Grant war bereits auf dem

Weg aus der Wohnung. »Kommen Sie. Und bringen Sie den Papierkram mit.«

»Wohin gehen wir?«

»Auf Antworten Suche«, sagte Grant, während er die Treppe hinunter zur Haustür eilte. »Ich habe ein gutes Gefühl bei dieser Sache. Ein sehr gutes Gefühl.«

20

Wohin fahren wir?« fragte Patterson, als sie von Jeremy Knights Wohnhaus in Richtung des westlichen Ufers des Montauk-Sees fuhren. »Und woher wissen Sie von Candlewood Investments?«

»Bruce Russo.« Grant richtete seinen Blick auf die Straße, sprach aber mit zusammengebissenen Zähnen. »Das FBI hat ihn schon seit ein paar Jahrzehnten im Visier, wegen seiner Finanzgeschäfte und der Tatsache, dass er ein mutmaßlicher Mafioso ist. Ich habe in einer Task Force mitgearbeitet, die ihn im Visier hatte, als ich noch ein Junior-Agent war. Aber wir konnten nichts ausrichten.«

»Er ist der Mann hinter Candlewood Investments, nehme ich an«, sagte Patterson.

»Es ist eine von vielen Firmen, die er besitzt. Er betreibt sie hauptsächlich als Mantelgesellschaft, um Gelder aus seinen illegalen Aktivitäten zu schleusen und die Gewinne zu legitimieren.«

»Sie sprechen von Geldwäsche.«

»Und die Theatergruppe ist genau das richtige dafür.«

»Trotzdem sind fünfunddreißig Riesen eine Menge Geld, um Jeremy Knight für eine Show zu geben, die kaum Karten verkauft. Es fällt mir schwer zu glauben, dass er genug von seiner Investition zurückbekommt, damit es sich lohnt.«

»Stimmt genau. Deshalb möchte ich mich mit ihm unterhalten.«

»Jetzt müssen wir ihn nur noch finden.«

»Das wird nicht so schwer sein. Ich bin mit der Task Force in Kontakt geblieben, seit ich im Präsidium aufgestiegen bin. Russo hält sich selbst für einen Bauunternehmer. Ein weiterer guter Weg, um Geld zu waschen. Er baut ein Luxushotel und einen Yachtclub am Westlake Drive bei Star Island. Er hat das Land vor Jahren gekauft und ist gerade erst dazu gekommen, es zu erschließen. Es heißt, es sei sein neues Lieblingsprojekt. Wenn er irgendwo ist, dann ist er dort.«

»Und wenn er es nicht ist?«

»Dann rufe ich meinen Kumpel von der Task Force an. Er wird wissen, wo Russo ist.«

»Wie lange gibt es diese Task Force schon?«

»Fast zwölf Jahre. Die Wahrheit ist, dass es im Moment eher ein Ein-Mann-Betrieb ist. Das CID hat beschlossen, dass es größere Fische zu braten gibt. Russo war anscheinend nicht hoch genug in der Nahrungskette, um die Ressourcen zu rechtfertigen. Trotzdem können sie nicht ganz loslassen, also haben sie einen Agenten auf ihn angesetzt.«

Patterson nickte. Das CID war die Kriminalabteilung des FBI, die unter anderem für die Untersuchung von Postbetrug und organisierter Kriminalität zuständig war. »Glauben Sie, dass er etwas mit dem Tod von Jeremy Knight zu tun hat?«

»Ich weiß nicht, was ich denken soll«, gab Grant zu. »Linda Knights Bruder, Stephen Canning, hat ein gewalttätiges Vorleben und ein Motiv. Er hat auch kein solides Alibi für die Mordnacht.«

»Aber wie Canning sagte, war ihm nicht bewusst, dass er eins brauchen würde. Wenn er vorgehabt hätte, einen Mord zu begehen, hätte er sich sicher etwas besser vorbereitet.«

»Nicht, wenn es ein Verbrechen aus Leidenschaft war. Vielleicht hat er die Beherrschung verloren. Trotzdem ist die Verbindung zu Bruce Russo faszinierend.« Grant verlangsamte den Wagen. Sie näherten sich einer Baustelle, die auf der rechten Seite von einem Maschendrahtzaun umgeben war. In der Nähe des Wassers wurde ein imposantes, mehrstöckiges Gebäude errichtet. Dahinter befand sich ein Yachthafen mit leeren Bootsliegeplätzen. Aber es war das sich im Bau befindliche Bauwerk, das neben dem Hauptgebäude stand und Pattersons Aufmerksamkeit erregte. Es handelte sich um die Nachbildung eines Leuchtturms in Originalgröße, komplett mit einem Wärterhäuschen. Der Turm sah aus, als hätte er schon Jahrzehnte auf dem Buckel, aber die Baumaterialien und Gerüste, die ihn umgaben, erzählten eine andere Geschichte.

Die Baustelle war nicht abgeriegelt, die Tore standen offen. Als sie hindurchfuhren und ihr Auto von der glatten Straße auf eine abgestufte, aber unfertige Einfahrt abbog, bemerkte Patterson ein großes Schild, das in der Nähe des Eingangs stand.

Baldige Eröffnung
Russo Property Development.
Lighthouse Point.
Luxuriöses Condo-Hotel und Yachthafen.

Das erklärte die Leuchtturm Imitation. Sie blickte an dem imposanten Bauwerk hoch, als sie näherkamen, und fragte sich, wie viel es wohl kosten würde, an einem solchen Ort zu übernachten. Zweifellos mehr, als sie sich leisten konnte.

Grant brachte den Wagen in der Nähe einer Ansammlung von Baubaracken zum Stehen, die auf dem schlammigen Boden standen, der wahrscheinlich in nicht allzu langer Zeit ein üppiger grüner Rasen sein würde. Er stieg aus und ging auf die nächstgelegene Baracke zu, an deren Tür die Aufschrift »Construction Foreman's Office« angebracht war. Er stieg die Stufen hinauf und verschwand im Inneren.

Patterson folgte ihm, doch bevor sie das kleine Büro betreten konnte, tauchte Grant wieder auf.

»Wir haben Glück. Russo ist hier«, sagte Grant. »Er ist in der Hotellobby und überwacht die Installation einer Skulptur aus dem siebzehnten Jahrhundert, die er aus Italien importiert hat.«

»Ist das nicht ein bisschen übertrieben für Long Island?« fragte Patterson.

»Fragen Sie mich nicht. Ich bin das erste Mal in einem Yachtclub.« Grant machte sich auf den Weg zum Hotel, stapfte über den Schmutz und schlängelte sich um Baumaterialien herum, die auf Paletten neben dem Eingang standen.

Die Elegante Hotellobby war fast fertig. Eine große Treppe, die sich über zwei Stockwerke nach oben schlängelte, bildete einen dramatischen Blickfang. Die Böden waren mit poliertem Marmor belegt. Die Wände waren mit dunklen Holztäfelungen verkleidet, die den Raum so aussehen ließen, als wäre er schon über ein Jahrhundert alt. Riesige Fenster am anderen Ende der Lobby boten einen Panoramablick auf den Yachthafen und den dahinter liegenden Montauk-See. Ein riesiger Kronleuchter aus Tausenden von geschliffenen Glasstücken ruhte auf einer Plane in der Mitte des Raums und wartete darauf, installiert zu werden. Zu ihrer Linken arbeiteten Arbeiter in einem Bereich, von dem Patterson annahm, dass es eines Tages ein Exklusives Restaurant sein würde. Sie konnte den Barbereich weiter hinten sehen, der noch aus Einzelteilen bestand und darauf wartete, zusammengebaut zu werden.

Die erwähnte italienische Skulptur, eine Marmorskulptur, die zwei Frauenfiguren in enger Umarmung zeigte, deren Gewänder sich wie von einer unsichtbaren Brise bewegt um sie wanden, stand in der Nähe der in natürliches Licht getauchten Panoramafenster. Drei Männer mit Schutzhelmen standen um die Skulptur herum und unterhielten sich angeregt. Zwei trugen schmutzige Jeans und Hemden. Der dritte, ein gepflegter älterer Herr mit stämmiger Statur und tiefschwarzem Haar, trug einen feinen Anzug. Das, so vermutete Patterson, musste derjenige sein, wegen dem sie hierhergekommen waren.

Als sie sich näherten, drehte er sich um. »Dies ist eine geschlossene Baustelle. Wer sind Sie?«

»FBI«, sagte Grant und ließ den Mann seine Marke sehen. »Bruce Russo?«

»Das bin ich.« Russo beobachtete sie mit misstrauischen Augen. »Wenn Sie hier sind, um das Haus zu durchsuchen, brauchen Sie sich nicht zu bemühen. Alles ist in Ordnung und legal.«

»Wir sind hier, nur um mit Ihnen zu reden«, antwortete Grant.

»Ich bin beschäftigt.« Russo wandte sich wieder der Statue zu. »Kommen Sie ein anderes Mal wieder.«

»Das glaube ich nicht.« Grant blieb standhaft und wartete, bis Russo sich ihm wieder zuwandte. »Wir können uns entweder hier unterhalten oder wir können an einen Ort gehen, der Ihnen weniger angenehm ist. Sie haben die Wahl.«

»Soll ich meinen Anwalt anrufen?«

»Nicht, soweit ich weiß. Es sei denn, Sie haben vor, ein Verbrechen zu gestehen.«

»Das hätten Sie wohl gern.«

»Dann wird es Ihnen doch nichts ausmachen, uns einen Moment Ihrer Zeit zu opfern.«

»Gut.« Russo seufzte. »Ich habe ein Büro auf der anderen Seite des Geländes. Dort können wir reden.«

21

Bruce Russo führte die beiden FBI-Agenten aus der Lobby und über die Baustelle zu einer der Baubaracken die abseits der anderen stand. Eine Tür mit der Aufschrift »Privat - Kein Zutritt« war das Einzige, was es als sein Büro auswies. Er zog einen Schlüssel aus seiner Tasche, schloss die Tür auf und führte die beiden hinein.

Die gut ausgestattete Einrichtung überraschte Patterson. Sie hatte ein nüchternes und zweckmäßiges Büro erwartet, fand sich aber stattdessen in einem Büro wieder, das so prächtig eingerichtet war, dass es auch in einer der erlauchten Villen an der New Yorker Fifth Avenue Platz gefunden hätte. Ein feiner Perserteppich bedeckte den Boden. Ein Eichenschreibtisch füllte ein Ende des Raumes aus, dahinter stand ein verschnörkelter Schnapsschrank, flankiert von zwei mit Büchern gefüllten Kirschholzregalen. Wandleuchten verbreiteten ein sanftes gelbes Licht im Raum und ersetzten die übliche Leuchtstoffröhrenbeleuchtung, die man normalerweise in solchen Baracken fand. Eine kleine Sitzecke mit einem Ledersofa und zwei Ohrensesseln, die um einen antiken Couchtisch gruppiert waren, füllte den Raum aus.

»Wow«, sagte Patterson. »Das ist überhaupt nicht das, was ich erwartet habe.«

»Ich mache es mir gerne bequem«, sagte Russo, stellte sich neben einen der Ledersessel und deutete Patterson und Grant an, sich auf das Sofa zu setzen. »Ich würde Ihnen beiden einen Drink anbieten, aber ich bin sicher, Sie würden ablehnen, da Sie ja im Dienst sind.

»Sie haben recht«, sagte Grant.

»Nun, ich muss mich nicht an solche Regeln halten.« Russo ging zum Spirituosenschrank und holte einen geschliffenen Kristallbecher heraus, in den er eine große Menge Scotch aus einer ebenso edlen Karaffe goss. Er kehrte zur Sitzecke zurück, ließ sich auf dem nächstgelegenen Stuhl nieder und nippte genüsslich an dem Getränk. »Es ist schade, dass Sie mir nicht Gesellschaft leisten können. Sie verpassen wirklich einen Leckerbissen. Dreißigjähriger Single Malt, gereift in Sherry Fässern. Köstlich.«

»Wir nehmen Sie beim Wort«, sagte Grant. »Können wir anfangen?«

»Schießen Sie los.« Russo lehnte sich in seinem Stuhl zurück und studierte seinen Whiskey. »Was möchten Sie mich fragen?«

»Wir sind hier wegen Jeremy Knight und den Knight Players.« Grant saß mit den Händen im Schoß, den Blick auf Russo gerichtet.

»Tut mir leid, wer?«

»Jeremy Knight. Ich nehme an, Sie kennen ihn.«

Russo schüttelte langsam den Kopf. »Ich glaube nicht, dass ich...«

»Bevor Sie weitermachen, sollte ich Sie warnen: Wir wissen von Ihrer Investition in seine Theatergruppe.

»Investition? Ich glaube nicht, dass ich... wie hieß die Theatergruppe noch mal?«

»Knight Players. Sie probten ein Stück im Phoenix.« Obwohl Grant seine Stimme ruhig hielt, konnte Patterson seine Frustration spüren. »Sie haben ihnen eine beträchtliche Summe Geld zur Verfügung gestellt.«

»Fünfunddreißigtausend Dollar«, fügte Patterson hinzu.

»Jetzt erinnere ich mich. Ja. Der Direktor der Theatergruppe trat über meine Stiftung an mich heran. Er war auf der Suche nach einem Zuschuss. Ich sagte ihm, dass die Stiftung für den Rest des Jahres ausgeschöpft sei. Wir hatten das Geld bereits für andere Projekte ausgegeben. Aber ich bin ein großer Unterstützer der Kunst, also habe ich stattdessen eine persönliche Investition getätigt. Ich habe dem Mann ein Darlehen mit einer kleinen, aber fairen Rendite gegeben.«

»Und das ist Ihnen entfallen?« Grant schaute ungläubig.

»Meine Stiftung vergibt viele Zuschüsse, und ich investiere jedes Jahr in eine große Anzahl von Projekten. Es ist schwer, sich an jede einzelne Transaktion zu erinnern.«

»Trotzdem ist es schwer, so viel Geld zu vergessen.«

»Wollen Sie damit etwas erreichen, Special Agent Grant, oder fischen Sie nur im Dunkeln herum?« Russos Lippen verzogen sich zu einem dünnen Lächeln. »Ich weiß sehr wohl, dass das FBI meine Aktivitäten, seit mehr als einem Jahrzehnt überwacht, obwohl ich ein rechtmäßiger Geschäftsmann bin, der nichts zu verbergen hat.«

»Natürlich sind Sie das«, sagte Grant. »Und ich bin der Osterhase. Wir wissen beide, dass Ihre legalen Geschäfte nur eine Fassade für weniger ehrliche Geschäfte sind.«

Russos Lächeln schwankte nicht. »Und wir beide wissen auch, dass Sie diese Anschuldigung nicht mit einem Fitzelchen an Beweisen untermauern können. Ist es nicht so?«

»Erzählen Sie mir von Jeremy Knight«, sagte Grant und

ignorierte Russos Stichelei. »Warum haben Sie ihm so viel Geld gegeben?«

Russo zuckte mit den Schultern. »Warum nicht?«

»Weil Sie ein Geschäftsmann sind, legitim oder nicht. Sie wollen eine Rendite für Ihre Investition, und die Knight Players waren ein unerprobtes Unternehmen, mit nichts als einem halbfertigen Stück in ihrem Namen.«

»Was soll ich sagen? Jeremy Knight war ein überzeugender Mensch.« Russo schien nicht beunruhigt zu sein. »Außerdem liebe ich die Kunst und die Gesellschaft. Was gibt es Besseres, als etwas zurückzugeben?«

»Sie bleiben bei dieser Geschichte?«

»Warum sollte ich nicht?«

»Weil Jeremy Knight tot ist. Er wurde auf ziemlich grausame Weise ermordet.«

»Wie furchtbar«, sagte Russo. »Ich werde seiner Witwe einen Blumenstrauß schicken lassen.«

»Das ist sehr nett von Ihnen.« Grant beugte sich vor. »Aber ich muss mich fragen, ob Sie etwas mit Mr. Knights vorzeitigem Ableben zu tun hatten. Es muss Sie doch geärgert haben, dass der Kartenverkauf so schleppend lief. Praktisch nicht vorhanden war, um genau zu sein. Das macht es schwer für Sie, Ihr Geld zurückzubekommen.«

»Ich will nicht lügen. Ich hatte mehr erwartet, aber das ist das Risiko, das man als Investor eingeht. Manchmal gewinnt man, manchmal verliert man.«

»Sie kommen mir nicht wie ein Mensch vor, der gerne verliert.«

»Tun das andere« fragte Russo. »Hören Sie, ich weiß, worauf das hinausläuft. Sie denken, ich hätte Jeremy Knight zu viel Geld gegeben und wäre dann sauer geworden, als er es nicht zurückzahlen konnte.«

»Wurden Sie sauer?«

»Ich habe ihn nicht umgebracht, falls Sie das wissen wollen. Seine Show mag eine Enttäuschung gewesen sein, aber er hatte immer noch die Chance das Ruder herumzureißen. Es besteht immerhin die Möglichkeit, dass Leute an der Abendkasse Tickets kaufen. Es liegt wohl kaum in meinem Interesse, einen Mann zu töten, der mir so viel Geld schuldet, was mir garantieren würde, dass ich nie wieder einen Penny davon sehen werde.« Russo hielt inne. »Nicht, dass ich zu den Menschen gehöre, die einen Mann überhaupt töten würden, verstehen Sie?«

»Oh, ich verstehe.« Grant sah Patterson an. »Haben Sie irgendwelche Fragen?«

»Nur eine«, antwortete Patterson. Sie richtete ihre Aufmerksamkeit wieder auf Russo. »Wie haben Sie beide sich kennengelernt? Ich meine, es ist klar, dass Sie sich nicht in denselben Kreisen bewegt haben.«

»Ich erinnere mich nicht«, sagte Russo. »Es könnte an vielen Orten gewesen sein. Kunstförderung. Handelskammer. Verdammt, vielleicht habe ich ihn in einer Bar getroffen. Es sind schon seltsamere Dinge passiert.«

Grant stand auf. »Danke, dass Sie sich die Zeit genommen haben, mit uns zu sprechen, Mr. Russo.«

»Gern geschehen.« Russo ging mit den beiden Agenten zur Tür. Er hielt sie für sie auf. »Sie können jederzeit wiederkommen. Wenn das Lighthouse Point nächsten Monat eröffnet wird, kann ich Sie zu einem Essen im Restaurant einladen. Wir haben einen Michelin-Sternekoch engagiert.

»Wirklich?« sagte Grant, als sie ins Sonnenlicht hinaustraten. »Vielleicht *komme* ich zurück und besuche Sie wieder.«

22

Als sie zum Auto zurückgingen, warf Patterson einen Blick über ihre Schulter auf die Baubaracke. Bruce Russo stand in der Tür und sah zu, wie sie wegliefen. Als er ihren Blick auf sich gerichtet sah, winkte er ihr zum Abschied zu. Sie drehte ihren Kopf schnell wieder nach vorne. »Wir haben einen neuen Verdächtigen.«

»Sieht so aus«, sagte Grant.

»Er hat allerdings recht«, sagte Patterson, als sie das Auto erreichten. »Es macht keinen Sinn, den Mann zu töten, dem man gerade einen Haufen Geld gegeben hat, wenn man jemals etwas davon wiedersehen will.«

»Das heißt aber nicht, dass er es nicht getan hat.« Grant griff in seine Tasche, als sein Telefon klingelte. Er nahm ab und hielt es an sein Ohr, dann legte er nach einem kurzen Gespräch mit einem zufriedenen Gesichtsausdruck auf. »Das Büro hat einen Treffer für das Teilkennzeichen, das wir ihnen geschickt haben. Es gibt nur einen einzigen Pick-up im ganzen Bundesstaat mit einem Nummernschild mit diesen letzten Ziffern, und raten Sie mal, wem er gehört.«

»Bruce Russo?« sagte Patterson und betrachtete die vielen schweren Pick-ups, die auf der Baustelle verstreut waren.

»Nein. Versuchen Sie unseren anderen Verdächtigen.«

»Stephen Canning?« Pattersons Augen weiteten sich. »Er sagte uns, dass er Jeremy Knight seit Monaten nicht mehr gesehen hat.«

»Er hat gelogen, so wie es Leute oft tun, die einen Mord begehen.« Grant war schon wieder am Telefon. »Ich rufe bei der Polizei von Suffolk County an. Ich bin mir sicher, dass Detektiv Ahlstrom nur zu gerne bei Cannings Arbeitsplatz vorbeischauen und ihn für uns abholen wird. Ich denke, es ist an der Zeit, dass wir die Wahrheit erfahren, meinen Sie nicht auch?«

Es war fast fünf Uhr abends, als Grant und Patterson im East Hampton Police Department eintrafen, wohin Ahlstrom Stephen Canning gebracht hatte. Der Detektiv erwartete sie, als sie eintraten, und führte sie wortlos in den einzigen Vernehmungsraum der Dienststelle.

Als sie eintraten, blickte Canning auf. »Sie haben sich entschieden, mich doch noch zu verhaften, was?«

»Sie haben es uns so leicht gemacht«, antwortete Grant und ließ sich auf einem Stuhl gegenüber dem Schreibtisch nieder.

Patterson nahm den zweiten Stuhl neben Grant, während Detektiv Ahlstrom mit verschränkten Armen an der geschlossenen Tür des Verhörraums lehnte.

»Werde ich einen Anwalt brauchen?« fragte Canning.

»Ihnen wurden Ihre Rechte bereits vorgelesen, ja?« fragte Grant.

Canning nickte.

»Dann kennen Sie die Antwort auf diese Frage bereits«, sagte Patterson. »Beantragen Sie formell einen Anwalt?«

Diesmal schüttelte Canning den Kopf.

»Können Sie mir bitte mündlich antworten?«

»Nein.«

»Sind Sie sich da sicher?« sagte Grant.

»Ich habe nichts Falsches getan.« Canning blickte auf den Tisch und die Handschellen, die seine Handgelenke fesselten. »Es ist sowieso egal. Ich kann mir keinen leisten.«

»Wir können jemanden vom Büro des Pflichtverteidigers vorbeischicken«, sagte Patterson.

»Diese Clowns? Ich hatte letztes Mal einen Pflichtverteidiger. Hat mir damals nichts genützt und wird mir auch jetzt nichts nützen.«

»Nun gut«, sagte Grant. »Da Sie deutlich zu verstehen gegeben haben, dass Sie ohne Anwalt vorgehen wollen, komme ich gleich zur Sache. Sie haben uns belogen.«

Canning zögerte, ein Anflug von Panik überflog sein Gesicht. »Ich habe nicht gelogen, nicht-«

»Überlegen Sie sich gut, was Sie als nächstes sagen«, sagte Patterson. »Wir wissen, dass Sie über Ihren letzten Kontakt mit Jeremy Knight nicht die Wahrheit gesagt haben. Wir haben Überwachungsvideos von Ihrem Truck, der in der Mordnacht vor dem Phoenix Theater geparkt war.«

Canning antwortete nicht. Er schlurfte lediglich mit den Füßen und blickte weiter nach unten.

»Haben Sie nichts zu Ihrer Verteidigung zu sagen?« fragte Grant.

»Vielleicht weil er weiß, dass er schuldig ist«, mischte sich Ahlstrom von hinten ein.

»Ich habe es nicht getan.« Canning blickte nun auf, Wut blitzte in seinen Augen auf. »Deshalb habe ich es Ihnen vorher nicht gesagt. Weil Sie sonst annehmen würden, dass ich Jeremy getötet habe und mich einsperren würden.«

»Haben Sie ihn getötet?« fragte Patterson mit leiser Stimme.

»Nein. Wie ich schon sagte. Es tut mir nicht leid, dass er tot ist, aber ich habe es nicht getan.«

»Die Beweise sprechen gegen Sie«, sagte Grant. »Wie wäre es, wenn Sie uns erzählen würden, was in dieser Nacht passiert ist?«

Canning nickte. »Ich war an diesem Abend im Phoenix-Theater, aber nicht, um Jeremy zu töten. Ich ging dorthin, um ihn zur Rede zu stellen. Seit Linda ihn rausgeschmissen hatte, führte er seine Freundin in der Stadt herum, als wäre er stolz auf seinen Betrug. Die gleiche Studentin, wegen der er gefeuert wurde und seine Ehe verloren hat. Das Mädchen ist halb so alt wie er. Es war peinlich. Meine Schwester ist sehr beliebt. Die Leute kennen sie. Ich wollte ihm sagen, er soll aufhören, aber…«

»Fahren Sie fort«, drängte Grant. »Was genau ist passiert?«

»Ich habe vor dem Theater geparkt und bin die Gasse hinunter zum Bühneneingang gegangen. Ich wusste nicht einmal, ob ich reinkommen würde, aber es war unverschlossen. Zuerst konnte ich Jeremy nicht finden, aber dann sah ich ihn. Er lag im Orchestergraben, es war offensichtlich, dass er tot war.«

»Und Sie haben nicht die Polizei gerufen, um zu melden, was Sie gefunden haben?«

»Was denken Sie denn? Ich habe ein Vorstrafenregister. Außerdem habe ich ein Motiv. Danach werden die Cops nicht mehr lange nach jemandem suchen.« Cannings Stimme zitterte. »Ich geriet in Panik, rannte zurück, sprang in meinen Wagen und machte mich aus dem Staub. Ich dachte, niemand würde erfahren, dass ich in dieser Nacht zum Theater gegangen bin, um nach Jeremy zu suchen.«

»Aber wir erfuhren es«, sagte Patterson. »Und im Moment klingt Ihre Geschichte nicht sehr überzeugend.«

»Ich weiß, wie es klingt. Hätte ich nur eine Nacht länger gewartet, um Jeremy zu suchen, säße ich nicht in diesem Schlamassel. Aber wenn jemand der Mörder ist, dann war es wahrscheinlich der andere Typ.«

»Welcher andere Typ?« Grant tauschte einen Blick mit Patterson.

»Na der, der in der Gasse war, als ich zum Bühneneingang ging. Er war groß. Einer von den Männern, denen man nachts in einer dunklen Gasse nicht begegnen möchte, wenn Sie das Wortspiel verzeihen.«

»Konnten Sie ihn sehen?«

»Nicht gut. Ich weiß nur, dass er eine Windjacke und eine tief heruntergezogene Baseballmütze trug. Er sah mich nur kurz an, sein Gesicht lag im Schatten, aber ich glaube, auf der Kappe war ein Logo zu sehen. Eine Art Dreieck mit drei Buchstaben darin. Ich weiß nicht mehr, was es war. Er ging in Richtung Main Street, aber dann drehte er sich um und ging in die entgegengesetzte Richtung, als ob er nicht an mir vorbeilaufen wollte.«

»Haben Sie gesehen, wo er danach hingegangen ist?«

»Ich weiß es nicht. Er ist am Ende der Gasse links abgebogen, am Theater vorbei, dann hab ich ihn nicht mehr gesehen. Ich ging rein und fand Jeremy. Ich dachte, dass der Baseballkappen-Typ wahrscheinlich der Mörder war, der vom Tatort floh. Deshalb hat er den Schwanz eingezogen, als er mich sah. Ich schätze, ich hatte Glück. Ich meine, was wäre, wenn er beschlossen hätte, mich auch zu töten, anstatt einen Zeugen zu hinterlassen?«

»Das ist die Geschichte, an der Sie festhalten?« fragte Grant.

»Ja. Weil es die Wahrheit ist. Hören Sie, wenn Sie Jeremys Mörder finden wollen, sollten Sie nach dem Kerl mit der Baseballkappe suchen.

»Der, den man nicht beschreiben kann.«

»Wie ich schon sagte, es war dunkel.«

»Eine Frage noch«, sagte Patterson. »Die Freundin von Jeremy Knight. Kennen Sie ihren Namen?«

»Klar. Kaylee Robinson. Sie war in seinem Theaterkunstkurs.«

»Sind Sie sich da sicher?« Grant tauschte einen überraschten Blick mit Patterson.

»Hundert Prozent. Sie hat früher in dem Café in der Nähe des Theaters gearbeitet. Sie hat mich immer bedient. Sie ist es, ganz sicher. Ich habe sie selbst zusammen gesehen.« Canning blickte an Grant und Patterson vorbei zu Ahlstrom. »Kann ich jetzt gehen?«

Ahlstrom stieß sich von der Wand ab und trat näher an den Tisch heran. »Sie gehen nirgendwo hin, außer in eine Arrestzelle für die absehbare Zukunft.«

Patterson sah Canning an. »Sie sollten vielleicht noch einmal darüber nachdenken, sich einen Pflichtverteidiger zu besorgen. Ich habe das Gefühl, Sie werden einen brauchen.«

23

Ich kann es nicht glauben«, sagte Patterson, als sie aus dem Gebäude gingen. »Jeremy Knight war mit Kaylee Robinson zusammen.«

»Sieht so aus, als wäre Stephen Canning nicht der Einzige, der uns belogen hat.« Grant schloss das Auto auf und stieg ein. »Ich fange an, mich ein bisschen wie ein Jo-Jo zu fühlen. Wir fahren durch die ganze Stadt, um Leute zu befragen, nur um herauszufinden, dass sie uns belogen haben und wir wieder zu ihnen zurückfahren müssen.«

»Ich denke, wir können Kaylee jetzt auf die Liste der Verdächtigen setzen«, sagte Patterson. »Immerhin hat sie die Leiche entdeckt.«

»Zusammen mit einem anderen Schauspieler«, sagte Grant. »Und vergessen Sie nicht, dass unser derzeitiger Hauptverdächtiger die Leiche zuerst entdeckt hat. Zumindest wenn man seiner Geschichte glaubt. Er hat es nur niemandem erzählt.«

»Wollen Sie sich noch einmal mit Kaylee unterhalten?« Patterson zog ihre Tür zu und schnallte sich an.

»Was glauben Sie denn?« sagte Grant, als sie sich vom Bordstein entfernten und zurück nach Montauk fuhren. »Das wird von Minute zu Minute verworrener.«

»Jeremy Knight hat sich das Leben selbst schwer gemacht«, sagte Patterson, als sie East Hampton hinter sich ließen. »Es ist wirklich traurig.«

»In den meisten Mordfällen ist das so«, antwortete Grant.

Patterson verfiel in Schweigen und dachte darüber nach. Sie sah die Landschaft hinter dem Beifahrerfenster vorbeirasen und fragte sich, ob das Verschwinden ihrer Schwester auf ähnlich verworrene Umstände zurückzuführen war. Patterson hoffte es nicht. Sie hatte sich immer vorgestellt, dass ihre Schwester ein neues Leben unter einem anderen Namen führte und sich aus Gründen, die nur sie kannte, von der Familie fernhielt. Es war eine schöne Vorstellung, aber letztlich wusste Patterson, dass es eine Lüge war. Es gab keinen Grund für Julie, sich von ihren Lieben fernzuhalten. Die Wahrheit war eine bittere Pille, eine Pille die Patterson nicht schlucken wollte. Höchstwahrscheinlich war ihre Schwester ermordet worden.

»Da sind wir wieder«, sagte Grant und riss Patterson aus ihren rührseligen Gedanken.

Sie sah auf und stellte fest, dass sie zum zweiten Mal innerhalb von zwei Tagen vor Kaylee Robinsons Haus geparkt hatten.

Kaylee war an der Tür, noch bevor sie den halben Weg zurückgelegt hatten. »Haben Sie herausgefunden, wer Jeremy ermordet hat?«

»Deshalb sind wir nicht hier«, sagte Grant. »Sie waren bei unserem letzten Besuch nicht ganz ehrlich zu uns, stimmt's, Kaylee?«

»Ich weiß nicht, was Sie meinen.«

»Ich glaube schon«, sagte Patterson, als sie sich näherten.

Kaylee starrte sie einen Moment lang an und sagte dann: »Sie sollten besser reinkommen.«

Als sie in der Wohnung waren, kam Grant gleich zur Sache. »Sie waren die Freundin von Jeremy Knight.«

Kaylee antwortete mit einem reumütigen Nicken.

»Eine Tatsache, die Sie das letzte Mal, als wir hier waren, nicht erwähnt haben«, sagte Patterson. »Würden Sie uns bitte sagen, warum?«

»Ich hielt es nicht für relevant«, sagte Kaylee. »Und es ging Sie auch nichts an. Meine Beziehung zu Jeremy war privat.«

»So privat kann es nicht gewesen sein«, sagte Grant. »Der Bruder von Linda Knight hat Sie beide zusammen gesehen. Er behauptet, eine Menge anderer Leute hätten Sie auch gesehen. Klingt nicht so, als wären Sie sehr diskret gewesen.«

»Ich kann nichts dafür, dass es Linda und ihrer Familie nicht gefallen hat, dass Jeremy und ich zusammen waren. Aber die Wahrheit war, wir waren verliebt.«

»Er hat seinen Job wegen Ihrer Beziehung verloren«, sagte Patterson. »Wussten Sie das?«

»Natürlich weiß ich das. Das College war einfach nur kleinlich. Engstirnig. Es war lächerlich. Wir waren beide erwachsen.«

»Aber Sie waren seine Studentin, und das College hat strenge Richtlinien für solche Dinge.«

»Das ist nicht mein Problem.« Kaylee wies auf das Sofa. »Wollen Sie sich setzen?«

»Nein, danke. Wir bleiben stehen, wenn es Ihnen nichts ausmacht.« Grant verschränkte die Arme. »Das sieht nicht gut aus, Kaylee.«

»Ich habe Jeremy nicht umgebracht, falls Sie das andeuten wollen. Ich habe ihn geliebt. Außerdem war ich mit dem Rest der Besetzung im Pub, als er ermordet wurde.«

»Wir sind uns dessen bewusst«, sagte Patterson.

»Und ich habe ihn gefunden.«

»Das wissen wir auch«, sagte Grant.

»Es war furchtbar. Ich habe seitdem kein Auge mehr zugetan. Ich weiß nicht, was ich jetzt machen soll. Wir hatten gemeinsame Pläne. Er versprach, mir einen Job am Broadway zu besorgen. Wir wollten nach New York City ziehen.«

»Er war Lehrer«, sagte Grant. »Wie hätte er das machen sollen?«

»Er hatte eine Bühnenkarriere, bevor er für die Hochschule arbeitete. Er sagte mir, dass es ein Segen war, seinen Job zu verlieren. Er habe beschlossen, wieder in das Geschäft einzusteigen. Er sagte, ich sei ein Naturtalent und er würde mich mitnehmen. Das Stück war nur der erste Teil unseres Plans. Sobald die Scheidung rechtskräftig, und er von dieser Frau befreit war, sollte alles anders werden.

»Das haben Sie geglaubt?«

»Warum sollte ich nicht?« Kaylee hielt inne, ihre Lippen zitterten. »Ich habe ihn wirklich gemocht. Ich dachte, wir würden es zusammen zu etwas Großem bringen.«

»Wusste der Rest der Besetzung, dass Sie zusammen sind?« fragte Patterson.

Kaylee nickte. »Wir haben es ihnen nicht unbedingt gesagt, aber die Leute reden. Ich bin sicher, sie wussten es.«

»Warum sind Sie an dem Abend nicht bei Jeremy geblieben, als der Rest der Besetzung gegangen ist?«

»Er blieb oft lange. So ziemlich nach jeder Probe, um genau zu sein. Er zog es vor, allein zu arbeiten, wenn er etwas umschrieb oder an neuen Texten arbeitete. Er hasste Ablenkungen.«

»Dann wäre es allgemein bekannt gewesen, dass er nach der Probe noch im Theater blieb.«

»Ich denke schon.« Kaylee zuckte mit den Schultern.

»Und dass er allein sein würde«, sagte Grant.

»Ja. Wie ich bereits erwähnte, war er nach fast allen Proben allein im Theater geblieben. Er wollte, dass alles perfekt ist, und das Umschreiben war für ihn am einfachsten, wenn die Probleme noch frisch in seinem Kopf waren.«

»Ich verstehe.«

»Er kam danach aber immer zu uns in die Kneipe. Irgendwann.«

»Und deshalb sind Sie ins Theater zurückgekehrt, als er nicht auftauchte?« fragte Patterson.

»Ja. Er hat länger gebraucht als sonst, und ich habe mir Sorgen gemacht.« Kaylee schniefte und wischte sich eine Träne weg. »Ich kann immer noch nicht glauben, dass er tot ist.«

»Es wird leichter werden«, sagte Patterson. »Mit der Zeit.«

»Das hoffe ich«, antwortete Kaylee. »Haben Sie noch Fragen?«

»Nein. Soweit nicht. Sie können sich nun wieder ihrem Feierabend widmen«, sagte Grant und ging zur Tür, bevor er sich nochmal der jungen Frau zuwandte. »Haben Sie in nächster Zeit irgendwelche Reisen außerhalb der Stadt geplant?«

»Nein.« Kaylee schüttelte den Kopf.

»Gut. Sorgen Sie dafür, dass das so bleibt, zumindest im Moment. Wenn ich weitere Fragen habe, möchte ich wissen, wo Sie sind.«

24

Nachdem sie das Haus von Kaylee Robinson verlassen hatten, aßen sie in einem französischen Restaurant in der Stadt zu Abend. Patterson war misstrauisch gegenüber den Motiven der jungen Frau, die ihre Beziehung zu dem Opfer verheimlichte, und sagte dies auch. Aber sie hatte, wie Grant betonte, ein stichhaltiges Alibi. Sie war zusammen mit den anderen Schauspielern in der Kneipe gewesen, als Jeremy Knight getötet wurde. Unabhängig davon, warum sie gelogen hatte, war Kaylee nicht die Mörderin. Das hieß aber nicht, dass er sie für völlig unschuldig hielt. Er wusste nur noch nicht, wie sie in das Rätsel passte.

Später, als sie sich das köstliche Dessert Crème brûlée geteilt hatten, weil sie beide recht satt waren, erhielt Grant eine E-Mail von Detektiv Ahlstrom. Im Anhang befanden sich Jeremy Knights Mobiltelefonaufzeichnungen für den vorangegangenen Monat.

Zurück im Hotel leitete Grant die Nachricht an Patterson weiter und bat sie, den Anhang auf ihrem Laptop zu öffnen. Sie setzten sich an den kleinen Tisch in ihrem Zimmer und gingen die nächste Stunde lang die Aufzeichnungen durch. Bei den meisten Nummern handelte es sich um lokale Nummern, und es dauerte nicht lange, bis sie herausfanden, zu wem sie gehörten. Knight hatte seinen Scheidungsanwalt, seine baldige Ex-Frau, seine Freundin Kaylee Robinson und das Phoenix Theater angerufen. Außerdem gab es zwei eingehende Anrufe und einen ausgehenden an Bruce Russo, der sich wahrscheinlich über seine nicht gerade glänzenden Investitionen informieren wollte. Aber es war die Reihe von Anrufen, sowohl eingehende als auch ausgehende, an eine Nummer mit Bostoner Vorwahl, die ihnen auffiel. Das Opfer hatte vierzehn Anrufe, einschließlich des letzten Anrufs, erhalten. Dieser dauerte etwas mehr als eine Minute und hatte einen Zeitstempel von 20:17 Uhr.

Patterson holte scharf Luft. »Das schränkt das Zeitfenster des Mörders ein.«

»In der Tat, das tut es.« Grant studierte die Telefonaufzeichnungen mit großem Interesse. »Wir wissen, dass Kaylee Robinson die Leiche gegen neun Uhr entdeckt hat. Immer noch genug Zeit für unseren Mörder, sich einzuschleichen und die Tat zu begehen.«

»Ich frage mich, mit wem er gesprochen hat«, sagte Patterson mit Blick auf die zahlreichen Anrufe, die er im vergangenen Monat von dieser Nummer bekommen hatte.

»Warum finden wir das nicht heraus?« sagte Grant und nahm den Hörer in die Hand. Er wählte die Nummer und wartete. Es klingelte einmal, zweimal, dreimal, bevor sich die Mailbox meldete. Eine weibliche Stimme identifizierte die Nummern von Helen und bat sie, eine Nachricht zu hinterlassen.

Grant beendete das Gespräch, ohne dies zu tun.

Er wartete ein paar Minuten und rief dann erneut an, ohne Erfolg, bevor er das Telefon seufzend weglegte und

Patterson ansah. »Es sieht so aus, als müssten wir bis morgen warten, um herauszufinden, mit wem unser Opfer in den Momenten vor seinem Tod gesprochen hat.

»Wir haben einen Namen. Das ist ein Anfang.«

»Helen. Und dem Anrufbeantworter nach zu urteilen, ist die Nummer privat, nicht geschäftlich.«

»Sie hätte vielleicht zurückgerufen, wenn Sie eine Nachricht hinterlassen hätten«, sagte Patterson.

»Und sie würde auch wissen, dass das FBI angerufen hat. Wenn unsere geheimnisvolle Frau in Boston etwas mit dem Tod von Jeremy Knight zu tun hat, möchte ich sie lieber nicht vor unserem Interesse warnen.«

»Das macht Sinn«, sagte Patterson. »Ich schätze, wir können heute Abend nicht mehr viel tun.«

»Ich brauche nur etwas Schlaf«, sagte Grant, stand auf und ging zur Tür. »Wir sehen uns dann morgen früh.«

»Bringen Sie wieder Kaffee mit?« Patterson schenkte ihrem Partner ein breites Grinsen.

»Klingt nicht so, als hätte ich eine große Wahl«, sagte Grant und trat aus dem Zimmer. »Irgendwelche besonderen Wünsche?«

»Wie wäre es, wenn Sie diesmal auch etwas zu Essen mitbringen?«

»Fordern Sie Ihr Glück nicht heraus.«

»Ist das ein Nein?«

»Wir werden sehen«, sagte Grant, dann drehte er sich um, zog die Zimmertür zu und ließ Patterson für die Nacht allein.

Sie wandte ihre Aufmerksamkeit wieder dem Computer und den Telefonaufzeichnungen von Jeremy Knight zu. Ihr Blick verweilte auf der letzten Nummer - der mit der Vorwahl von Boston - und sie konnte nicht anders, als sich zu fragen, was er bei diesem Anruf gesagt hatte, nicht ahnend, dass es das letzte Gespräch sein würde, das er jemals führen würde.

Patterson dachte eine Weile darüber nach, dann wandte sie ihren Blick vom Bildschirm ab. Sie würde keine neuen Hinweise finden, wenn sie auf die Liste von Telefonnummern starrte. Nicht heute Abend. Sie klappte den Laptop zu und stand auf, zog ihre Jacke aus und schnallte mit einer gewissen Erleichterung ihr Schulterholster ab. Sie legte die Sachen auf das Bett, ging zum Mini-Kühlschrank und holte eine Zwei-Liter-Flasche Cola heraus. Sie drehte den Deckel ab und wollte sich gerade einen Schluck einschenken, als ihr Blick auf den Eiskübel fiel, der neben dem Waschbecken stand.

Mit Eis schmeckte die Cola besser.

Sie zögerte eine Minute, dann entschied sie sich und schnappte den Eimer. Patterson nahm ihren Zimmerschlüssel, ging zur Tür und öffnete sie, dann trat sie auf den Bürgersteig hinaus und schloss die Tür wieder hinter sich.

Das Hotel war nicht voll. Nur die Hälfte der Parkplätze war belegt. Sie warf einen Blick auf das Zimmer neben ihrem, in dem durch die zugezogenen Vorhänge ein kleiner Lichtschimmer drang. Grant würde drinnen sein. Sie hörte das leise Grummeln des Fernsehers und fragte sich, was er sich wohl gerade anschaute. Ein plötzlicher Schmerz der Einsamkeit überkam sie, und beinahe hätte sie an seine Tür geklopft, um ihn zu fragen, ob er etwas Gesellschaft haben wollte. Nicht als zwei FBI-Agenten bei der Arbeit, sondern als etwas mehr. Freunde, die sich über die Gesellschaft des anderen freuten. Aber sie tat es nicht. Wenn Grant Pattersons Gesellschaft gewollt hätte, wäre er nicht so abrupt gegangen. Sie dachte an Kaylee und Jeremy. Schüler und Lehrer. Waren die Gedanken, die ihr durch den Kopf gingen, anders? Sie war eine Agentin, die frisch aus Quantico kam, und er war ein leitender Special Agent. Ihr Vorgesetzter. Besser, es gar nicht erst so weit kommen zu lassen.

Patterson verweilte noch einen Moment vor Grants

Zimmer, als ob sie tief in ihrem Inneren hoffte, dass er in der Tür auftauchen und sie hereinbitten würde, und zwang sich dann, weiterzugehen und die Eismaschine zu suchen.

Ein Stück weiter führte eine Metalltreppe hinauf in den zweiten Stock des Hotels. Daneben war an der Wand ein Schild angebracht, das Eis und Verkaufsautomaten in der Nähe ankündigte. Sie beschleunigte ihr Tempo und richtete ihre Aufmerksamkeit auf den Verkaufsbereich, der sich, wie sie jetzt sehen konnte, am anderen Ende des Blocks in der Nähe einer weiteren Treppe befand. Deshalb hatte sie das Auto zunächst nicht bemerkt. Es parkte einige Plätze von Grants Fahrzeug entfernt in einer Lache der Dunkelheit zwischen zwei Laternenpfählen. Normalerweise hätte Patterson ihm keine Beachtung geschenkt, aber das Licht war aus und der Motor lief. Im Inneren des Wagens konnte sie eine schwache Bewegung erkennen, auch wenn sie die Gesichtszüge der Insassen nicht ausmachen konnte.

Ein Kribbeln des Unbehagens kroch ihr den Rücken hinauf. Sie überlegte, ob sie ohne Eis in das Zimmer zurückkehren sollte. Aber das war lächerlich. Und wenn schon ein Auto auf dem Hotelparkplatz stand? Wahrscheinlich war es jemand, der einchecken wollte. Schließlich kam das Auto von außerhalb des Staates. An der Vorderseite war ein gelbes Nummernschild aus New Jersey angebracht.

Doch dann, als sie näherkam, setzte sich das Auto in Bewegung. Es fuhr rückwärts aus der Lücke und rollte langsam auf sie zu, wobei die Lichter immer noch ausgeschaltet waren.

Patterson erstarrte. Die Bewegung des Autos hatte etwas, das ihr nicht gefiel. Es war bedrohlich. Jetzt wurde ihr noch etwas anderes klar. Der Platz, den es eingenommen hatte, bot einen perfekten Blick auf die Räume, die sie und Grant bewohnten.

Das Gefühl des Unbehagens verstärkte sich um das Dreifache. Instinktiv griff sie nach ihrer Waffe, bevor sie sich daran erinnerte, dass sie auf dem Bett in ihrem Zimmer lag.

Ein dummes Versehen. Aber sie wollte ja auch nur Eis holen.

Das Auto fuhr vorwärts und kam näher.

Durch die Windschutzscheibe des Fahrzeugs sah sie nur die Umrisse eines Kopfes und der Schultern, aber irgendwie wusste sie, dass der Insasse sie direkt ansah. In diesem Moment vergaß sie das Eis ganz. Stattdessen drehte sie sich um und ging zurück zu ihrem Zimmer, wobei sie dem Drang zu rennen widerstand, während das Auto mit New-Jersey-Kennzeichen hinter ihr herschlich.

25

Pattersons Hotelzimmertür war nur zwanzig Fuß entfernt, doch es kam ihr vor wie eine Meile. Sie konnte spüren, wie das Auto im Schneckentempo hinter ihr her rollte, obwohl sie sich nicht traute, sich umzudrehen. Aber sie hielt den Atem an und lauschte, wartete auf das verräterische Klicken einer sich öffnenden Autotür und auf Schritte, hinter ihr.

Wenn jemand versuchen würde, sie zu packen, um sie in sein Fahrzeug zu zerren, würde sie schreien. Das sollte Grant dazu bringen, mit der Waffe in der Hand aus seinem Zimmer zu stürmen. Und jeder Möchtegern-Entführer würde bald feststellen, dass er unterlegen ist. Es sei denn, sie hätte keine Gelegenheit zu schreien. Was wäre, wenn sie ihr eine Hand auf den Mund drückten oder die Mündung der Waffe in ihren Rücken schoben und ihr befahlen, sie solle keinen Ton von sich geben?

Patterson war nicht völlig wehrlos. Ihre Ausbilder in Quantico hatten ihr beigebracht, wie man einen Angreifer entwaffnet, aber es bestand ein großer Unterschied zwischen dem Üben solcher Manöver in der Sicherheit des Klassenzimmers und der Durchführung im wirklichen Leben, wo die Waffe losgehen und eine Kugel durch einen hindurchschicken konnte.

Sie beschleunigte ihre Schritte, die Tür war nun zum Greifen nahe. Und immer noch hörte sie keine Anzeichen, dass der Insasse des Wagens sein Fahrzeug verließ. Sie hatte keinen Zweifel daran, dass die Person, von der sie verfolgt wurde, männlich war, denn diesen Eindruck vermittelte ihr der vage Umriss, der sich durch die Windschutzscheibe abzeichnete. Die Schultern waren breit, der Kopf groß.

Nach einer gefühlten Ewigkeit, die aber nicht mehr als dreißig Sekunden betragen haben konnte, erreichte Patterson ihr Hotelzimmer. Die Schlüsselkarte hatte sie noch in der Hand, aber in ihrer Eile, sie an das Lesegerät zu halten, hätte sie sie fast fallen lassen. Sie atmete tief durch und versuchte es erneut, und diesmal gelang es ihr, die Karte an das Lesegerät zu halten. Ein befriedigendes Klicken belohnte sie, als sich das Schloss öffnete.

Patterson riss an der Türklinke und stieß die Tür auf, wobei sie fast ins Zimmer stürzte, dann schloss sie die Tür hinter sich und verriegelte sie.

Sie ließ den leeren Eiskübel fallen und holte ihre Pistole von ihrem Bett, dann rannte sie zum Fenster und riss den Vorhang so weit auf, dass sie einen Blick auf den Parkplatz werfen konnte.

Es war still und ruhig.

Das Auto war nirgends zu sehen.

Sie ging zur Tür und schaute durch das Guckloch, wobei sie den weiten Blick auf den Gehweg und die nächsten Parkplätze prüfte, aber niemanden sah.

Sie zog den Riegel zurück und öffnete die Tür weit genug, um hindurchzutreten, wobei sie die Glock an ihrer Seite bereithielt. In Filmen steckten die Leute oft ihre Waffen aus der Tür oder um die Ecke, wie eine Art Vorhut, bevor sie selbst hinaustraten. Im wirklichen Leben war das keine gute Idee. Ein potenzieller Angreifer könnte sich die Waffe schnappen und gegen einen selbst richten, bevor man sie überhaupt gesehen hat. Aber sie hätte sich keine Sorgen machen müssen. Der Gehweg vor ihrem Zimmer war leer. Sie war allein.

Patterson drehte den Kopf, überblickte den ganzen Parkplatz, um zu sehen, ob der Fahrer des mysteriösen Wagens einen unauffälligeren Parkplatz weiter hinten gefunden, und den Motor abgestellt hatte. Er hatte es nicht getan. Es gab keine Fahrzeuge mit New-Jersey-Kennzeichen.

Patterson zog ihre Tür zu und eilte den Bürgersteig entlang in Richtung der Motel Lobby, wo ein Durchgang auf die andere Seite des Gebäudes führte. Vielleicht hatte der Wagen einen Bogen gemacht und parkte nun auf der Rückseite des Motels. Aber auch das war nicht der Fall. Die Zimmer auf der Rückseite des Gebäudes waren größtenteils dunkel. Sie zählte drei, aus deren Fenstern schwaches Licht durch die zugezogenen Vorhänge drang. Auf dem Parkplatz standen vier Fahrzeuge, darunter ein neueres Modell eines Geländewagens mit einem fünfzehn Fuß langen Anhänger, der entlang des hinteren Zauns geparkt war und vier Plätze einnahm, aber das Auto mit New-Jersey-Kennzeichen war auch da nicht.

Ihr Unbehagen ließ ein wenig nach.

Vielleicht hatte sie die Situation falsch eingeschätzt und das Fahrzeug beobachtete nicht die von Grant und ihr bewohnten Zimmer. Nach allem, was sie wusste, war es nur ein müder Reisender, der vom Highway abgefahren war, um sich die Annehmlichkeiten des Motels anzusehen und sich dann dagegen entschieden hatte. Aber selbst als sie sich das einredete, wusste Patterson es besser. Jemand hatte sie beobachtet.

Sie warf noch einen Blick auf den Parkplatz, dann eilte sie zurück zum Eingang des Gebäudes in ihr Zimmer. Sie überlegte kurz, ob sie an Grants Tür klopfen und ihm sagen sollte, was passiert war, aber sein Fenster war jetzt dunkel, und sie konnte den Fernseher nicht mehr hören. Wahrscheinlich schlief er schon.

Patterson beschloss, dass es bis zum Morgen warten konnte, ging wieder in ihr Zimmer und schloss den Riegel, bevor sie sich bettfertig machte. Normalerweise würde sie die Waffe wieder in ihr Holster stecken, aber nicht heute Nacht. Stattdessen legte sie die Waffe griffbereit auf den Nachttisch. Außerdem ließ sie das Licht im Bad an, das den Raum in ein beruhigendes Halbdunkel tauchte. Die Dunkelheit war nicht ihr Freund. Dann lag sie wach, müde, aber unfähig einzuschlafen, und lauschte auf jedes ungewohnte Geräusch, im Motel um sie herum. Und die ganze Zeit über behielt sie die Tür im Auge, für den Fall, dass der Insasse des Wagens mit New-Jersey-Kennzeichen zurückkehren würde...

26

Am nächsten Morgen erzählte Patterson Grant, was passiert war, als sie Eis holen ging. Er hörte zu, saß am Schreibtisch in ihrem Hotelzimmer und nippte mit einem besorgten Gesichtsausdruck am Kaffee, sagte aber nichts, bis sie geendet hatte.

»Sie hätten gestern Abend direkt zu mir kommen sollen, anstatt zu versuchen, allein damit fertig zu werden«, sagte Grant und klang gereizt. »Was wäre, wenn Ihnen etwas zugestoßen wäre?«

»Es war keine Zeit mehr. Ich hatte bereits wertvolle Sekunden damit verschwendet, meine Waffe zu holen. Ich wollte nicht, dass der Typ in dem Auto entkommt.«

»Aber er entkam trotzdem. Außerdem hätte es nur eine Sekunde gedauert, an meine Tür zu klopfen oder mich anzurufen.«

»Ich weiß. Es tut mir leid.« Patterson erkannte, dass es ein Fehler gewesen war, das Auto allein zu verfolgen. Aber in der Hitze des Gefechts hatte sie nur daran gedacht, herauszufinden, wer sie beobachtete. »Als ich das Auto nicht finden konnte, dachte ich daran, an Ihre Tür zu klopfen. Aber das Licht war aus und ich konnte den Fernseher nicht mehr hören, also dachte ich, Sie schlafen.«

»Sie hätten mich sowieso wecken sollen«, sagte Grant. »Wenn uns wirklich jemand beobachtet hat, hätten wir vielleicht herumfahren und sie finden können. Sie können nicht weit gekommen sein.«

»Daran habe ich nicht gedacht«, gab Patterson zu. »Ich werde denselben Fehler nicht noch einmal machen. Versprochen.«

»Sorgen Sie dafür, dass es nicht mehr vorkommt.« Grant stellte seine Kaffeetasse auf den Tisch. »Können Sie mir sonst noch etwas über das Auto erzählen?«

»Nein. Nicht wirklich. Es war eine dunkle Limousine mit Kennzeichen aus New Jersey. Wahrscheinlich schwarz. Wie ich schon sagte, es war dunkel, und ich konnte die Insassen nicht wirklich gut sehen, aber ich hatte den Eindruck, dass sie männlich waren.«

»Alle unsere Verdächtigen leben im Staat New York. Es ist unwahrscheinlich, dass einer von ihnen ein Fahrzeug mit Kennzeichen aus New Jersey besitzt.«

»Aber nicht unmöglich«, sagte Patterson. »Oder vielleicht gibt es einen Verdächtigen, den wir noch nicht identifiziert haben.«

»Vielleicht.« Grant sah nachdenklich aus. »Ist es möglich, dass Sie sich erschreckt haben und die Situation falsch einschätzen? Immerhin sind wir in einem Hotel am Highway.«

»Das habe ich mich auch gefragt. Aber ich glaube es nicht. Das Auto hatte etwas Bedrohliches an sich. Die Art, wie es mir folgte. Hand aufs Herz, ich dachte, jemand würde herausspringen und mich von hinten angreifen, vielleicht sogar versuchen, mich zu entführen.«

»Wenn das, was Sie sagen, wahr ist, dann haben wir die Aufmerksamkeit des Mörders auf uns gezogen. Grant stand auf. »Ich frage mich, ob das Hotel ein Sicherheitssystem hat?«

»Wenn ja, haben sie das Auto vielleicht auf der Kamera festgehalten.«

»Das denke ich auch«, sagte Grant. Er war bereits auf dem Weg zur Tür. Er riss sie auf und warf einen Blick zurück auf Patterson, die immer noch das T-Shirt und die Schlafshorts trug, die sie getragen hatte, als Grant früher als erwartet mit dem inzwischen gewohnten Kaffee in der Hand auftauchte. »Ich gehe es herausfinden.«

»Soll ich mitkommen?« fragte Patterson.

»Nein. Ich kann das allein erledigen, während Sie sich fertig machen.«

»Okay.« Patterson nickte und sah zu, wie Grant ging. Sie zog sich schnell an, ging dann ins Bad und steckte ihr blondes Haar zu einem festen Dutt. Sie trug eine leichte Schicht Wimperntusche auf und sonst nichts. Patterson gehörte nicht zu den Frauen, die viel Zeit auf ihr Aussehen verwendeten. Nach einem kurzen Blick in den Spiegel, um sich zu vergewissern, dass sie professionell und vorzeigbar aussah, kehrte sie ins Schlafzimmer zurück, wo sie ihre Waffe überprüfte und sich das Schulterholster umschnallte. Einen Moment später kam Grant mit einem resignierten Gesichtsausdruck zurück.

»Kein Glück«, sagte er und betrat das Zimmer. »Das Hotel hat eine Kamera in der Lobby, die lediglich die Anmeldung überwacht, weil sie vor ein paar Jahren ausgeraubt wurden. An der Außenseite des Gebäudes gibt es jedoch keine Kameras.«

»Das ist zu dumm.«

»Wir müssen einfach hoffen, dass unser Stalker zurückkommt.«

»Und wenn er das tut, werde ich auf ihn vorbereitet sein«, sagte Patterson.

»Berichtigung. *Wir werden* für ihn bereit sein.«

»Richtig. Das habe ich gemeint«, sagte Patterson, Sekunden bevor Grants Telefon klingelte.

Er nahm ab und hielt das Telefon an sein Ohr. Nach einem kurzen Gespräch legte er auf und sah Patterson an. »Raten Sie mal, wer wieder in der Stadt ist?«

»Ben Ford?« antwortete Patterson und erinnerte sich an den Schauspieler, der Kaylee in der Nacht begleitet hatte, als sie Jeremy Knights Leiche im Theater fand.

»Ein und derselbe. Er ist jetzt in seiner Wohnung. Er hat gesagt, wir können gleich vorbeikommen.«

»Fantastisch.« Patterson griff nach ihrer Jacke und zog sie an. »Soll ich fahren?«

»Sicher. Warum nicht?« Grant warf ihr die Schlüssel zu seinem Dienstwagen zu. »Los geht's.«

27

Ben Ford war groß und schlank, locker über 1,80 m groß, mit einem Schopf widerspenstiger, schulterlanger, Kastanienbrauner Haare, die ihn ein wenig wie einen Surfer aussehen ließen, nur dass seine Haut weiß, wie Schnee aus Neuengland war.

Er beobachtete die beiden FBI-Agenten, die im Wohnzimmer seiner beengten Wohnung standen, ein paar Sekunden lang, bevor er anfing zu reden. »Wir waren alle ziemlich erschüttert über Jeremys Tod. Ich meine, wir sind hier in Montauk und nicht in einem schlechten Viertel von Detroit. Ich kann mir beim besten Willen nicht vorstellen, wer ihn ermorden wollte.«

Grant hörte dem jungen Schauspieler zu und nickte. »Als Sie mit Kaylee zum Theater gegangen sind, um nach Jeremy zu suchen, haben Sie da jemanden herumhängen sehen?«

»Nein.« Ben schüttelte den Kopf. »Nicht, dass ich viel darauf geachtet hätte, bis wir die Leiche gefunden haben. Die arme Kaylee. Sie muss am Boden zerstört sein. Dass sie mit Jeremy zusammen war, war unter den Darstellern nicht bekannt, aber ich wusste es. Wir sind seit langem befreundet, und wir haben immer miteinander geredet, wenn sie verärgert war oder sich Luft machen musste. Ich schätze, sie fühlt sich bei mir sicher. Sie kann mit mir über alles reden. Sie hat schon vorher eine schwere Zeit durchgemacht.« Er hielt inne. »Ich sollte wirklich anrufen und fragen, wie es ihr geht.«

»Ich glaube, Kaylee würde das zu schätzen wissen«, sagte Patterson. »Was meinen Sie damit, dass sie schon vor Jeremy Knights Tod eine schwere Zeit durchgemacht hat?«

»Ich weiß nicht, ob es mir zusteht, etwas zu sagen. Sie hat es mir im Vertrauen gesagt.«

Grant warf Ben seinen besten Polizistenblick zu. »Ich denke, unter diesen Umständen können Sie eine Ausnahme machen.«

»Nun...«

»Es sei denn, Sie möchten dieses Gespräch in einem Vernehmungsraum weiterführen.«

»Was?« Ein Anflug von Panik blitzte über Bens Gesicht. »Das wird nicht nötig sein. Ich schätze, ich kann es Ihnen sagen, da Sie vom FBI sind.«

»Spucken Sie es aus«, sagte Grant mit rauer Stimme.

Ben zögerte, sein Blick wanderte zwischen den beiden Agenten hin und her, dann begann er zu erzählen. »Nur unter uns dreien, die Beziehung von Kaylee und Jeremy lief nicht so gut. In der Nacht vor Jeremys Tod hat sie mich nach der Probe in der Bar zur Seite genommen, sie war sehr aufgebracht. Sie wollte meinen Rat.«

»Warum war das so? fragte Patterson. Ihr eigener sanfter Tonfall war ein bewusster Kontrapunkt zu Grants Schroffheit. »Sie können es uns sagen. Es ist kein Verrat an Ihrem Vertrauen. Ich bin mir sicher, dass sie möchte, dass Jeremys Mörder gefunden wird, genau wie Sie.«

»Ich weiß.« Ben fuhr sich mit der Hand durch die Haare.

»Sie dachte, Jeremy würde sie nach der Show verlassen. Sie würden sich trennen.«

»Warum sollte sie das denken?«

»Wegen dem, was sie auf seinem Handy gefunden hat. Er duschte gerade, als er eine SMS erhielt. Sie wollte nicht nachsehen, aber sie sah sie auf dem Bildschirm aufleuchten. Sie war von einem Immobilienmakler in Boston, der den Mietvertrag für eine Wohnung dort bestätigte. Als er aus der Dusche kam, tat sie so, als hätte sie die Nachricht nicht gesehen. Jeremy las den Text und löschte ihn dann.«

»Das bedeutet nicht, dass er sie zurücklassen wollte«, sagte Patterson. »Vielleicht hatte er es ihr nur noch nicht gesagt.«

»Nein.« Ben schüttelte den Kopf. »Da war noch mehr. Sie hatte ihn ein paar Tage vorher bei einem Telefongespräch belauscht, als er dachte, sie würde schlafen. Er hatte vor, die Show in Boston zu eröffnen, nachdem unsere Serie zu Ende war. Deshalb brauchte er dort eine Wohnung. Er sagte der Person am anderen Ende der Leitung, dass dies ein Neuanfang für ihn sei. Die Sache war nur die, dass er das niemandem in seiner Besetzung gesagt hatte, also nahm er auch keinen von uns mit. Kaylee eingeschlossen. Zumindest dachte sie das.«

»Hat sie mit ihm darüber gesprochen?«

»Das glaube ich nicht. Er tat immer noch so, als wäre alles in Ordnung, und sagte, er liebe sie. Er sagte sogar, sie sollten sich gemeinsam eine Wohnung in New York City suchen, was lächerlich war, da er bereits eine Wohnung in einer anderen Stadt gemietet hatte und sich nicht die Mühe machte, es ihr zu sagen. Ich glaube, sie hatte Angst und wusste nicht, was sie tun sollte. Sie hat ihn angebetet.«

Grant und Patterson tauschten Blicke aus. Erst hatte Kaylee Robinson ihre Beziehung zu dem Opfer verschwiegen, und nun erfuhren sie, dass Jeremy Knight sie nach dem Stück verlassen wollte.

Grant dachte einen Moment lang darüber nach und sah Ben dann an. »War Kaylee die ganze Zeit zwischen dem Ende der Probe und dem Zeitpunkt, an dem sie Sie gebeten hatte, sie zurück ins Theater zu begleiten, in der Bar?«

»Ja. Ich bin sicher, dass sie nicht weggegangen war.« Ben runzelte die Stirn. »Hören Sie, wenn Sie andeuten wollen, dass Kaylee die Mörderin war, liegen Sie völlig daneben. Ich habe Jeremy in diesem Orchestergraben gesehen. Ich habe gesehen, was mit ihm gemacht wurde. Seitdem kann ich nicht mehr schlafen. Es war brutal. Selbst wenn Kaylee sich hätte rausschleichen können - und ich glaube nicht, dass sie das getan hat - hätte sie auf keinen Fall die Kraft gehabt, so etwas zu tun. Sie wiegt etwa 100 Pfund.«

»Wir verstehen«, sagte Patterson.

»Nur um das klarzustellen: Sie sagen, dass Kaylee die ganze Zeit bei Ihnen war, bis Sie Jeremy Knights Leiche entdeckt haben.«

»Sie war in der Kneipe, ja.« Ben hielt inne und verengte seine Augen. »Sie entfernte sich nur ein einziges Mal von der Gruppe, als sie an der Bar Getränke kaufen wollte. Aber das war nicht genug Zeit, um zu gehen und jemanden zu töten. Außerdem sah ich sie dort mit einem älteren Mann reden. Er hat sie wahrscheinlich angebaggert. Das kommt vor.«

»Sind Sie sich da sicher?« fragte Grant. »Sie war die ganze Zeit bei Ihnen.«

»Ich denke schon«, sagte Ben.

Grant sagte einen Moment lang nichts. Dann sah er Patterson an. »Ich glaube, wir sind hier fertig.«

28

Auf dem Bordstein vor Bens Wohnung holte Grant sein Handy heraus. »Wir müssen genau herausfinden, was Jeremy Knight vorhatte.«

»Du rufst wieder die Bostoner Nummer an?« fragte Patterson.

»Vielleicht haben wir dieses Mal Glück.« Grant war bereits am Wählen.

Es klingelte dreimal, dann meldete sich eine Frauenstimme. »Hallo?«

»Wer ist da?«, fragte Grant und stellte das Telefon auf Lautsprecher, damit Patterson mithören konnte.

»Wer will das wissen?« Antwortet die Stimme am anderen Ende.

»Mein Name ist Jonathan Grant. Ich bin ein FBI-Agent aus der Außenstelle New York.«

»Hm, das ist seltsam. Haben Sie irgendwelche Beweise?« Die Frau klang nicht überzeugt. »Soviel ich weiß, sind Sie ein Betrüger, der behauptet, vom FBI zu sein, um meine Identität zu stehlen.«

»Ich kann Ihnen meine Ausweisnummer geben. Wenn Sie die New Yorker Außenstelle anrufen möchten, werden sie sich für meine Glaubwürdigkeit verbürgen.«

»Nehmen wir an, Sie sind vom FBI. Warum rufen Sie mich an? Ich habe nichts Falsches getan.«

»Wir suchen nach Informationen über einen Mann namens Jeremy Knight.«

»Ist Jeremy in Schwierigkeiten?« Die Frau klang alarmiert.

»Ich werde es Ihnen zu gegebener Zeit erklären, aber es wäre wirklich hilfreich, wenn ich Ihren Namen wüsste.

»Oh, richtig. Ich heiße Helen. Helen Lang.«

»Danke, Miss Lang«, sagte Grant. »Sagen Sie mir, in welcher Beziehung stehen Sie zu Mr. Knight?«

»Sie haben versprochen, mir zu sagen, was los ist.«

»Und das werde ich«, sagte Grant. »Aber zuerst müssen Sie mir ein paar Fragen beantworten. Zunächst einmal: Woher kennen Sie Jeremy Knight?«

»Wir sind schon seit Jahren befreundet«, sagte Helen. »Wir haben zusammen studiert. Wir waren in denselben Theaterkursen.«

»Haben Sie in letzter Zeit von ihm gehört?« fragte Grant.

»Ja, eigentlich schon. Wir hatten lange Zeit keinen Kontakt, aber nach der Trennung von seiner Frau haben wir uns wieder getroffen. Sind die sozialen Medien nicht eine tolle Sache?«

»Das ist wohl Ansichtssache«, sagte Grant. »Wann haben Sie das letzte Mal mit Mr. Knight gesprochen?«

»Ich weiß nicht, vor ein paar Abenden. Er macht gerade eine schlimme Scheidung durch und hat kürzlich seinen Job verloren. Es war schwer für ihn, und ich habe getan, was ich konnte, um ihm zu helfen. Es ist wirklich furchtbar. Was diese Frau ihm alles angetan hat. Er ist besser dran, wenn er da raus ist.«

»Wie war Ihre Beziehung zu Jeremy?« fragte Grant. »Damals?«

»Wenn Sie das fragen, was ich glaube, dass Sie fragen«, sagte Helen, »wir waren im College ein Paar. Damals war er ein Charmeur. Ist er eigentlich immer noch.«

»Und jetzt?«

»Zwischen uns ist es ernst geworden. Aber wir gehen es langsam an. Wir haben beide gerade eine gescheiterte Beziehung hinter uns und wollen es diesmal richtig machen.«

Grant sah Patterson an. »Sie sind derzeit mit Jeremy Knight zusammen?«

»So könnte man es wohl nennen. Wir haben noch nicht viel Zeit miteinander verbracht. Zumindest nicht persönlich, wenn man die Entfernung zwischen uns bedenkt. Ich bin nach New York gefahren, und er ist einmal zu mir hochgekommen. Aber das wird sich ändern, wenn er nächsten Monat hierherzieht. Wir haben alles arrangiert. Wir haben sogar eine großartige Wohnung in Arlington für ihn gefunden.«

»Das ist keine billige Gegend«, sagte Grant. »Wissen Sie, woher er das Geld dafür bekommen hat?«

»Jeremy erzählte mir, dass Linda einige Gelder von ihrem gemeinsamen Bankkonto freigegeben hat, damit er sich in Boston niederlassen kann.

»Wirklich.« Grant hob eine Augenbraue. »Nur so aus Interesse, was machen Sie beruflich, Miss Lang?«

»Ich bin künstlerischer Leiterin der Severn Troupe. Das ist eine kleine gemeinnützige Theatergruppe mit drei Bühnen in einem umgebauten Lagerhaus, das als Kunstzentrum wiedereröffnet wurde. Wir sind noch nicht sehr bekannt, aber wir arbeiten daran. Wir sind dieses Jahr beim Fringe aufgetreten und haben großartige Kritiken bekommen. Mit Jeremys Talent werden wir nur noch besser werden.«

»Sie haben ihm einen Job angeboten?« fragte Patterson, trat dicht an das Telefon heran und fügte dann hinzu: »Entschuldigung, ich hätte mich vorstellen sollen. Ich bin Special Agent Patterson Blake.«

»Ich verstehe. Ja, er kommt, um für uns zu arbeiten. Es ist keine Vollzeitstelle, aber er wird sein Stück aufführen können. Und in der Zwischenzeit wird er als Regisseur für unsere neben Bühnenproduktionen arbeiten.«

»Neben Bühnenproduktionen?« fragte Patterson. »Was ist das?«

»Das sind unsere kleineren Shows«, sagte Helen. »Wie ich schon sagte, haben wir drei Bühnen in unserer Einrichtung. Die Hauptbühnenshows sind groß angelegt. Musicals und dergleichen. Auf den anderen beiden Bühnen, von denen die eine, eine Blackbox ist, machen wir kleinere Sachen. Ehrlich gesagt ist es ein Geschenk des Himmels, dass Jeremy jetzt zur Verfügung steht. Es ist schwer, gute Regisseure zu finden.«

»Wann erwarten Sie ihn dort?« fragte Grant.

»In ein paar Wochen. Er wird so gut wie sofort nach der Show in Montauk abreisen.«

»Apropos«, sagte Patterson. »Sind Sie mit der Besetzung seiner aktuellen Show vertraut?«

»Ich habe keinen von ihnen kennen gelernt, aber er hat mir gesagt, dass sie sehr talentiert sind.

»Kennen Sie eine junge Frau namens Kaylee Robinson?«

»Ich kenne sie nicht, aber ich kenne den Namen. Sie ist die weibliche Hauptrolle in seinem Stück.«

»Hat Jeremy jemals mit Ihnen über sie gesprochen?«

»Er hat sie vielleicht beiläufig erwähnt, aber ich kann mich nicht an besondere Gespräche erinnern. Warum fragen Sie?«

»Nur so«, sagte Patterson. »Ich will nur ein paar Dinge klären.«

»Welche Dinge klären?« Helen klang nervös. »Was soll das alles? Ist Jeremy in Schwierigkeiten?«

»Falls Sie nicht sitzen, Miss Lang, dann sollten Sie sich jetzt besser setzen«, sagte Grant. »Ich fürchte, wir haben schlechte Nachrichten.«

»Hat es einen Unfall gegeben?« Helen Langs Stimme hob sich um eine halbe Oktave. »Lieber Gott, geht es ihm gut?«

»Nein, es geht ihm nicht gut.« Grant hielt einen Moment inne, als ob er seine Worte wählte. »Es tut mir leid, Ihnen das mitteilen zu müssen, aber er ist vorletzte Nacht gestorben.«

»Was?« Helen Lang kreischte das Wort förmlich heraus. »Das ist unmöglich. Ich habe vor zwei Tagen nach der Probe mit ihm gesprochen. Es ging ihm gut. Sind Sie sicher, dass Sie sich nicht geirrt haben?«

»Ganz sicher«, sagte Grant.

»Oh.« In Helen Langs Stimme lag ein Zittern. Patterson spürte, dass sie weinte. »Er sollte mich gestern zurückrufen, aber ich dachte, er sei mit dem Scheidungsverfahren beschäftigt. Seine Frau tat alles, was sie konnte, um Ärger zu machen. Um ehrlich zu sein, war ich überrascht, dass sie ihm Geld für den Umzug gegeben hat. Bitte sagen Sie mir, wie ist er gestorben? War es ein Unfall?«

»Nein«, antwortete Grant ernst. »Es war kein Unfall. Er wurde ermordet.«

29

Grant steckte das Telefon zurück in seine Tasche. »Nun, das war ein interessanter Anruf. Er bestätigt, was Ben uns gesagt hat. Jeremy Knight hatte vor, die Stadt zu verlassen.«

»Und Kaylee hatte recht, in ihrer Annahme, dass sie ihn nicht begleiten würde, obwohl er es ihr versprochen hatte«, sagte Patterson.

»Nicht, wenn eine andere Frau in Boston auf ihn wartete.«

»Sie glauben, Kaylee wusste von Helen Lang? Das wäre ein ausreichendes Motiv für einen Mord.«

»Da bin ich überfragt.« Grant zuckte mit den Schultern. »Er war zu beiden Frauen nicht ehrlich. Wir wissen, dass er das Geld für die Miete der Wohnung nicht von seiner baldigen Ex-Frau bekommen hat.«

»Glauben Sie, er hat das Geld von Bruce Russo abgezweigt?«

»Ich halte das für wahrscheinlich. Er hatte keine anderen Einkommensquellen unabhängig von Linda.«

»Das bringt Russo wieder ins Fadenkreuz. Was, wenn er

herausfindet, dass Jeremy Knight Geld von seiner eigenen Theatergruppe veruntreut hat?«

»Ohne Bankunterlagen können wir nicht feststellen, woher er das Geld für die Wohnung hatte«, sagte Grant. »Ich kann den Prozess einleiten, um sie zu bekommen, aber das könnte eine Weile dauern.«

»Es scheint, als hätte jeder ein Motiv gehabt, Jeremy Knight zu töten«, sagte Patterson. »Er klingt nicht wie ein sehr netter Kerl.«

»Er hat es aber nicht verdient, ermordet zu werden«, sagte Grant und ging zum Auto. »Ich denke, wir sollten der Bar einen Besuch abstatten, in die Kaylee und ihre Schauspielerfreunde in der Mordnacht nach der Probe gegangen sind. Ich möchte eine unabhängige Bestätigung, dass sie die ganze Zeit dort war, bevor die Leiche entdeckt wurde. Dann können wir unsere Bemühungen auf die anderen Verdächtigen konzentrieren.«

»Es ist noch früh. Vielleicht haben sie noch nicht geöffnet«, sagte Patterson und schaute auf ihre Uhr.

»Lassen Sie uns hinfahren und es herausfinden«, sagte Grant und stieg ins Auto. »Kaylee hat uns nicht gesagt, dass sie ein Verhältnis mit dem Verstorbenen hatte, bis wir sie zur Rede gestellt haben. Dann vergaß sie zu erwähnen, dass er vorhatte, die Stadt, ohne sie zu verlassen. Sie tat so, als wäre alles rosig zwischen ihnen gewesen. Ich würde gerne wissen, was sie sonst noch verschwiegen hat.«

Sie hatten Glück. McGee's Irish Bar war geöffnet, als sie ankamen. Eine Sandwich-Tafel auf dem Bürgersteig warb für ein komplettes irisches Frühstück, das ab 8 Uhr morgens angeboten wurde. Pattersons Blick verweilte einen Moment lang dort. Ihr eigenes Frühstück hatte aus nichts anderem als Kaffee bestanden. Wenn sie die Bar verließen, würde sie vorschlagen, bei Dunkin' anzuhalten, bevor sie weiterfuhren. Aber zuerst mussten sie Kaylee Robinsons Alibi bestätigen. Sie schritt an der Sandwich-Tafel vorbei und folgte Grant ins Innere.

McGee's war schummrig beleuchtet und mit dunklen Holzvertäfelungen unter waldgrünen Wänden ausgestattet. Patterson war im Laufe der Jahre schon in vielen irischen Pubs gewesen. New York war voll davon, und dieses Pub war genau wie hundert andere in der Stadt. Spiegel, die für Bierprodukte von Bass bis Guinness warben, hingen zwischen einem Sortiment von Gegenständen aus der alten Welt wie Waschbretter, Musikinstrumente, Ruderboote und sepiafarbene Fotografien, die jede vertikale Fläche in einem wirren Durcheinander bedeckten. Zu dieser Tageszeit waren nur wenige Gäste anwesend. Eine Gruppe von Männern, die aussahen, als wären sie im Baugewerbe tätig, saßen um einen Tisch herum im hinteren Teil des Lokals und frühstückten. Ein junges Paar entspannte sich in der Nähe des Fensters, nippte an ihren Kaffees und beobachtete das Treiben der Welt.

Grant näherte sich der Bar, während Patterson etwas hinter ihm blieb.

Die Barkeeperin war eine schlanke Frau, die Patterson auf Anfang vierzig schätzte. Sie hatte ihr dunkles Haar zu einem Pferdeschwanz zurückgebunden und trug eine Schürze. Als sie sich näherten, blickte sie lächelnd auf.

»Was darf ich Ihnen bringen?« fragte sie.

»Wie wäre es mit ein paar Informationen?« erwiderte Grant, zeigte seinen Ausweis und stellte sich und Patterson vor.

»Wenn es um die üble Sache im Phoenix geht, habe ich schon mit der Polizei gesprochen.« Sie ließ einen Lappen fallen, mit dem sie über die Bar gewischte hatte. »Mein Name ist übrigens Jodie. Ich bin die Besitzerin dieses schönen Lokals.«

»Sie klingen nicht sehr irisch«, sagte Grant.

»Ich bin es nicht. Aber mein Mann ist es. County Kerry. Er ist im Moment nicht hier.«

»Hallo, Jodie«, sagte Patterson.

Jodie nickte zur Begrüßung und verschränkte die Arme. »Was diesen Abend angeht, kann ich Ihnen nichts sagen, was ich nicht schon dem Detektiv gesagt habe, der hier war.«

»Ich verstehe. Wir haben Ihre vorherige Aussage«, antwortete Grant. Trotz seines unfreundlichen Auftretens hielt Ahlstrom sie auf dem Laufenden. »Aber ich würde gerne einige Details selbst bestätigen.«

»Ich sag Ihnen was, wenn Sie ein schönes irisches Frühstück bestellen, dann beantworte ich alle Fragen, die Sie mir stellen wollen.«

»Versuchen Sie, FBI-Agenten zu erpressen?« fragte Grant, und ein Lächeln umspielte seine Lippen.

»Nein, Sir. Ich versuche, mein Geschäft über Wasser zu halten, was nicht einfach ist, wenn die Polizei ständig nach dem brutalen Mord einen Block weiter fragt.«

»In Ordnung. Wir nehmen zweimal Frühstück.« Grant sah Patterson an. »Hungrig?«

»Ich wollte eigentlich einen Doughnut kaufen, nachdem wir hier weg sind«, antwortete Patterson. »Aber ich denke, ein Teller mit fettigem, gebratenem Essen wird genauso gut sein.«

»Das ist die richtige Einstellung.« Grant wandte sich wieder an Jodie. »Ich nehme meine Eier als Spiegeleier.«

»Erledigt.« Jodie schrieb die Bestellung auf und brachte sie zurück in die Küche. Als sie zurückkam, lehnte sie sich an die Theke. »Also, was wollen Sie wissen?«

»Erinnern Sie sich, dass die Schauspieler von Jeremy Knights Show vor zwei Abenden hier waren?« fragte Grant.

»Sicher. Sie kamen herein, wie sie es immer nach der Probe tun. Sie sind ein freundlicher Haufen.«

»Kennen Sie sie gut?« fragte Patterson.

»Nicht mit Namen oder so, aber ich kenne ihre Gesichter.«

»Wir sind vor allem an einer Darstellerin interessiert«, sagte Grant. »Eine junge Frau mit dem Namen Kaylee Robinson. Sie hat die Hauptrolle gespielt. Etwa Zwanzig Jahre alt. Langes blondes Haar. Ungefähr 1,70 m groß und von schlanker Statur. Kommt Ihnen das bekannt vor?«

»Sie war hier«, antwortete Jodie. »Hat eine Runde Drinks spendiert. Ein sehr nettes Mädchen. Hat mir ein ordentliches Trinkgeld gegeben.«

»Erinnern Sie sich, ob sie irgendwann zwischendrin weggegangen ist?«

»Das ist eine Bar, Schatz, da kommen und gehen ständig Leute. Ich achte da nicht darauf.«

»Dann können Sie nicht bestätigen, wie lange sie hier war?« fragte Patterson.

»Wie ich schon sagte, die Leute gehen ständig ein und aus.

»Das hilft uns nicht weiter«, sagte Grant enttäuscht. »Bisher haben wir nur das Wort ihrer Freunde, dass sie hier war, und nach allem, was wir wissen, decken sie sie.«

»Sie könnten es mit den Sicherheitsvideos versuchen«, sagte Jodie und deutete auf eine Kamera, die über einem Regal am Ende der Bar angebracht war und deren einziges schwarzes Auge in den Raum starrte. »Ich habe den anderen Polizisten angeboten, sie zu zeigen, aber sie waren nicht interessiert.«

»Haben Sie eine Aufzeichnung des fraglichen Abends?« fragte Grant.

»Sicher. Wir nehmen ständig auf. Wenn eine Schlägerei

ausbricht oder so, haben wir alles auf Band. Nicht, dass wir hier drinnen viel Ärger hätten, wohlgemerkt.« fügte sie schnell hinzu. »Wir sind ein familienfreundliches Lokal.«

»Können wir die Aufzeichnung sehen?« fragte Patterson, und ihre Hoffnung stieg.

»Mit Vergnügen. Ich habe bereits das Filmmaterial des Abends besorgt und gespeichert, für den Fall, dass die Cops ihre Meinung ändern und zurückkommen.« Jodie gab ihnen ein Zeichen, ihr durch eine Tür am Ende der Bar zu folgen, die als privat gekennzeichnet war. Als sie an der Küche vorbeikam, stieß sie die Tür auf und rief hinein. »Hey, Marty, übernimmst du mal kurz die Bar, ja? Ich bringe diese Leute ins hintere Büro.«

»Sicher«, antwortete eine schroffe Stimme von irgendwo hinter der Tür.

»Danke.« Jodie ließ die Tür zufallen und führte Grant und Patterson in das Büro, das eher wie ein beengter Lagerraum aussah als alles andere.

An zwei Wänden standen Käfige mit Spirituosen, deren Türen mit schweren Vorhängeschlössern verschlossen waren. Dort stapelten sich Bierfässer und Kisten mit Limonade. Patterson und Grant traten um sie herum und sahen einen kleinen Schreibtisch mit einem alten Computerturm, an dem ein Monitor angeschlossen war. Jodie ließ sich vor dem Schreibtisch nieder, rief das Filmmaterial auf und spulte bis zu dem Moment vor, als die Schauspielertruppe die Bar betrat. Und da war sie. Kaylee Robinson. Lachend und stumm plaudernd mit ihren Freunden auf dem stummen Videomaterial. Zumindest bis sie sich der Bar näherte und ein anderes Gespräch mit einem Herrn begann, der mit dem Rücken zur Kamera stand. Ein stämmiger Mann, der eine Windjacke und eine Baseballkappe trug.

30

Das ist er«, sagte Patterson aufgeregt. »Der Mann, den Linda Knights Bruder in der Nacht des Mordes in der Gasse nahe dem Bühneneingang gesehen haben will. Das muss er sein. Er trägt eine Windjacke und eine Baseballmütze.«

»Oder es könnte eine beliebige Person sein, die Kaylee anmacht«, sagte Grant. »So wie Ben es dachte.«

»Kommen Sie schon, das glauben Sie doch nicht wirklich. Das ist ein viel zu großer Zufall.«

»Es spielt keine Rolle, was ich glaube«, sagte Grant, den Blick immer noch auf das Videomaterial gerichtet. »Wir können keinen Mordfall auf der Grundlage von nichts anderem als dem Hinterkopf eines Mannes aufklären.«

»Verdammter Mist«, sagte Patterson. Sie beugte sich über Jodies Schulter und schaute auf den Bildschirm, als die Gestalt mit der Baseballkappe sich umdrehte, um ein Getränk zu holen.

Und da war es. Sein Gesicht lag noch im Schatten, aber das dreieckige Logo auf der Baseballmütze war deutlich zu erkennen. Innerhalb des Logos standen drei Initialen. RPD.

Patterson atmete scharf ein und blickte Grant an. »Reicht das für Sie aus?«

»Wir kommen der Sache näher«, sagte Grant. »Aber wir wissen immer noch nicht, wer er ist.«

»Nun, er trägt eine Mütze mit einem Logo darauf. Das ist ein guter Ansatzpunkt für die Suche.«

»Sie haben recht«, sagte Grant, nahm sein Handy heraus und tippte darauf herum. Einen Moment später drehte er den Bildschirm so, dass sie ihn sehen konnte. »Kommt Ihnen das bekannt vor?«

»Das ist ja unglaublich«, sagte Patterson und starrte auf die Website, die auf Grants Handy angezeigt wurde. Russo Property Development. Im Banner oben auf der Seite war das dreieckige Logo mit den Initialen RPD darin, genau wie auf der Kappe. »Warum sollte jemand von Bruce Russos Firma mit Kaylee sprechen?«

»Das würde ich auch gerne wissen.« Grants Aufmerksamkeit war nun wieder auf den Computerbildschirm gerichtet. »Zufall scheint ein bisschen weit hergeholt, wenn man bedenkt, was wir jetzt wissen.«

»Können wir irgendetwas tun, um das Video heller zu machen?« fragte Patterson und sah zu Jodie hinunter. »Es ist so körnig.«

»Tut mir leid. Es ist nicht gerade gut beleuchtet da draußen. Mehr kann ich aus dem Bild nicht herausholen. Wenn Sie es an Ihr schickes FBI-Labor schicken würden, könnten die vielleicht etwas tun, aber ich führe nur eine Bar.«

»Erkennen Sie die Person, mit der sie spricht?« fragte Grant.

»Schatz, wir haben hier hundert Leute pro Abend und an den Wochenenden noch mehr. Wenn sie nicht gerade Stammgäste sind oder mir fünfhundert Dollar Trinkgeld geben, sehen die Gesichter alle gleich aus.«

»Wie sieht es mit einem Mitarbeiter aus? Hat in dieser Nacht noch jemand gearbeitet?«

»Mein Mann hat in der Küche ausgeholfen, und Kelly hatte eine Schicht. Sie ist eine der Barkeeperinnen, aber ich bezweifle, dass sie mehr weiß als ich.«

»Ich denke, wir müssen trotzdem mit ihr reden«, sagte Grant.

»Ich kann sie anrufen«, antwortete Jodie. »Sie geht tagsüber auf die Volkshochschule, ich kann also nicht garantieren, dass sie abnimmt. Vielleicht ist sie gerade im Unterricht.«

»Wenn es Ihnen nichts ausmacht, es trotzdem zu versuchen.«

»Warten Sie. Das wird nicht nötig sein.« Patterson legte eine Hand auf Grants Arm. Sie starrte auf den Computerbildschirm. Sie wandte sich an Jodie. »Können Sie die Aufnahmen ein Stück zurückspulen?«

»Aber sicher«, sagte Jodie. »Sagen Sie mir, wann ich anhalten soll.«

»Wonach suchen Sie?« fragte Grant.

»Sie werden schon sehen.« Patterson hockte sich neben Jodie, um einen genaueren Blick auf den Bildschirm zu werfen. Nach einem Moment schrie sie auf. »Halten Sie an und machen Sie eine Pause.«

»Das gibt's doch nicht«, sagte Grant. Auf dem Video kam ein Mann, bei dem es sich um Jodies Ehemann handeln musste, aus der Küche und trug Teller mit Essen. In dem Moment, als sich die Küchentür öffnete und wieder schloss, drang helles Neonlicht heraus und beleuchtete kurzzeitig das Gesicht unter der Mütze. »Das ist Bruce Russo persönlich.«

»Ohne den geringsten Zweifel«, sagte Patterson und war mit sich selbst zufrieden.

»Wie haben Sie das überhaupt entdeckt? Es ging so schnell.«

»Ich hatte nur zufällig zur richtigen Zeit die Küchentür im Blick«, antwortete Patterson. »Es war in einer knappen Sekunde vorbei, zu schnell, um etwas zu sehen, als das Video abgespielt wurde, aber ich dachte, wenn wir zurückgehen und es anhalten, könnten wir Glück haben.«

»Das macht keinen Sinn.« Grant kniff die Augen zusammen. »Welche Verbindung könnte es zwischen Kaylee Robinson und Bruce Russo geben?«

»Finden wir es heraus.« Jetzt war Patterson an der Reihe und holte ihr Handy heraus. Sie stand auf, ging in dem engen Raum hin und her und surfte mehrere Minuten lang im Internet. Dann jubelte sie auf. »Ich habe es, und das ist ein Kracher.«

»Lassen Sie mich sehen.« Grant wandte sich ihr zu.

Patterson hielt ihr Telefon in Armlänge und drehte den Bildschirm, um ihm ein Foto von vor einigen Monaten auf Kaylees Facebook-Profil zu zeigen. Es zeigte die junge Schauspielerin neben Bruce Russo. Sein Arm lag um ihre Schulter, und sie lächelten beide. »Sehen Sie sich die Bildunterschrift an.«

Grant blinzelte und nahm ihr das Telefon aus der Hand. »*Ich und Onkel Bruce.* Sie machen wohl Witze.«

»Ich weiß, nicht wahr?« sagte Patterson und strahlte vor Stolz über ihre Entdeckung. »Kaylees Mutter muss die Schwester von Bruce Russo sein. Wie konnten wir das nur übersehen?«

»Weil wir nicht danach gesucht haben.« Grant reichte ihr das Telefon zurück. »Jetzt ergibt es einen Sinn. Kaylee begann mit Jeremy Knight auszugehen und übernahm die Hauptrolle in seinem Stück. Sie überredete ihren Onkel, in die Theatergruppe zu investieren, weil sie dachte, das sei ihre Eintrittskarte in die große Welt...«

»Aber dann hat Jeremy das Geld veruntreut, um ein neues

Leben mit einer anderen Frau in Boston zu beginnen«, Schlussfolgerte Patterson.

Grant fuhr weiterhin fort. »Als Kaylee herausfand, was vor sich ging, wurde ihr klar, dass Jeremy sie benutzt hatte, um Bruce' Investition zu bekommen. Er hat sie nicht geliebt.«

»Ich bezweifle auch, dass sie ihn geliebt hat«, sagte Patterson. »Sie haben sich gegenseitig benutzt.«

»Das spielt keine Rolle. Kaylee war wütend. Gedemütigt. Sie muss ihrem Onkel erzählt haben, was passiert war.«

»Er traf sie an diesem Abend hier in der Bar, um sich zu vergewissern, dass Jeremy Knight allein im Theater war, bevor er ihn ermordete.«

»Dann tauchte Linda Knights Bruder auf, um sich mit Jeremy zu streiten, nur um eine Leiche zu finden und zu fliehen, weil er nicht beschuldigt werden wollte.«

»Glauben Sie, Kaylee wusste, dass ihr Onkel Jeremy töten wollte?« fragte Patterson.

»Spielt das eine Rolle? So oder so ist sie jetzt eine Mordkomplizin.« Grant wählte bereits die Nummer von Detektiv Ahlstrom. »Ich werde Kaylee auf das Revier bringen lassen.«

Patterson konnte nur eine Seite des Gesprächs hören. Sie wartete ungeduldig, bis er aufgelegt hatte, und fragte dann: »Und? Was ist los?«

»Die Polizei wird Kaylee aufsuchen und sie verhaften.«

»Und Russo?«

»Das liegt an uns. Ahlstrom schickt Detektive zur Baustelle, aber es wird eine Weile dauern, bis sie eintreffen. Ich will nicht, dass Kaylee ihrem Onkel einen Tipp gibt, wenn die Bullen vor ihrer Tür stehen. Wir gehen sofort rüber und halten ihn in Gewahrsam, bis sie eintreffen.«

»Klingt gut«, sagte Patterson, während sie sich zur Tür bewegte.

»Warten Sie«, sagte Jodie und folgte den Agenten aus dem Büro. »Was ist mit Ihrem Frühstück?«

»Oh. Richtig. Ich habe die Abmachung vergessen.« Grant blieb an der Bar stehen und holte seine Brieftasche heraus. Er legte zwei Zwanziger auf den Tresen. »Das sollte genügen.«

»Wollen Sie nicht bleiben und essen?« Jodie klang enttäuscht.

»Das verschieben wir auf ein andermal«, sagte Patterson und eilte zur Eingangstür. Sie spürte ein Kribbeln der Erregung. Bald würde es einen Mörder weniger auf den Straßen geben. Das war der Grund, warum sie zum FBI gegangen war. »Wir haben einen Mörder zu fangen.«

31

Patterson sah es sofort, als sie aus der Bar traten. Eine dunkle Limousine mit markanten gelben Nummernschildern aus New Jersey stand einen halben Block entfernt. Sie stupste Grant an und lenkte seine Aufmerksamkeit auf das Fahrzeug. »Das ist der Wagen, den ich gestern Abend auf dem Parkplatz gesehen habe.«

»Und jetzt ist er hier«, sagte Grant. »Ich denke Sie hatten recht. Jemand *hat* uns überwacht.«

»Ich will jetzt herausfinden, wer das ist«, sagte Patterson und ging zügig auf das Auto zu.

»Langsam.« Grant holte sie ein und packte ihren Arm. »Seien Sie nicht zu offensichtlich, sonst erschrecken Sie sie.« Doch noch während er diese Worte sprach, fuhr das Auto aus der Parklücke und rollte die Straße hinunter auf sie zu.

»Zu spät.« Patterson trat zwischen zwei geparkten Autos auf die Straße, als die Limousine auf gleicher Höhe mit ihnen war, und griff gleichzeitig nach ihrer Waffe. Das Auto wich ihr aus und fuhr weiter, dann nahm es Fahrt auf.

»Kommen Sie schon«, sagte Grant und sprintete zu ihrem eigenen Auto. »Steigen Sie ein.«

Patterson schob die Glock zurück in den Holster und lief zur Beifahrertür. »Ich habe das Kennzeichen«, sagte sie und machte sich eine Notiz auf ihrem Handy, um es nicht zu vergessen.

»Gut zu wissen.« Grant schwenkte auf die Straße und drückte das Gaspedal durch, um die Limousine einzuholen. Aber die Limousine war bereits von der Main Street abgebogen, und als sie die Seitenstraße erreichten, war das andere Auto nicht mehr in Sicht.

»Sie können nicht weit gekommen sein«, sagte Patterson und sah sich um.

»Wenn alles nichts hilft, rufe ich das Kennzeichen auf und lasse mir die Adresse geben, aber so lange möchte ich nicht warten. Konnten Sie den Fahrer sehen?«

»Ich habe einen Blick erhascht, als er vorbeifuhr. Es war nicht Bruce Russo.«

»Das hatte ich auch nicht erwartet«, sagte Grant. »Er hat eine Menge Angestellte, die er schicken könnte, um uns zu beobachten. Leute, die in seine nicht ganz legalen Unternehmungen verwickelt sind.«

»Das bedeutet, dass sie in diesem Moment auf dem Weg zu ihm sein könnten, um ihn zu warnen. Der Kerl könnte sich einfach in die Bar geschlichen haben und unser Gespräch belauscht haben.«

»Dann verlieren wir das Überraschungsmoment.« Grant war bereits auf dem Weg zum Lighthouse Point, der Hotelbaustelle von Bruce Russo. Jetzt beschleunigte er. »Ich hoffe, man hat Sie in Quantico gut ausgebildet, Special Agent Blake, denn unsere Untersuchung könnte gerade eine gefährliche Wendung genommen haben.«

»Ich kann auf mich selbst aufpassen«, sagte Patterson. Das

stimmte auch. Sie hatte sich sowohl in der Schießausbildung als auch im Nahkampf mit Bestnoten qualifiziert. Doch schon während sie diese Worte sprach, spürte Patterson einen Anflug von Besorgnis. Was, wenn sie noch nicht so weit war? Aber es war keine Zeit für Selbstzweifel. Sie konnte den aufragenden Turm des namensgebenden Gebäudes von Lighthouse Point sehen, als sie die Straße entlangfuhren, die am Ufer des Montauk Lake vorbeiführte. Dann erreichten sie die Baustelle und bogen ein.

»Das ist der Wagen, den wir suchen«, sagte Grant und brachte sein Fahrzeug hinter der ihnen nun bekannten dunklen Limousine zum Stehen, die etwa fünfzig Meter von den neu errichteten Hotelgebäuden entfernt neben zwei Pickups geparkt war. »Ich sehe keine Spur vom Fahrer.«

»Das liegt daran, dass er wahrscheinlich schon drinnen ist«, sagte Patterson. »Das heißt, Bruce Russo wird uns erwarten.«

»Da kann man nichts machen.« Grant öffnete die Fahrertür, stieg aus und griff gleichzeitig nach seiner Dienstwaffe.

Er wartete auf Patterson, die sich ihm anschloss, und gemeinsam machten sie sich auf den Weg zum Hotel.

Als sie die Limousine erreichten, legte Grant eine Hand auf die Motorhaube. »Noch warm. Eindeutig das richtige Auto.«

Patterson nickte und schaute sich um, wobei ihr ein Kribbeln der Vorahnung über den Rücken lief. Als sie das letzte Mal hier waren, herrschte hier rege Betriebsamkeit. Jetzt war es still, und sie konnte nirgendwo Arbeiter sehen. »Mir gefällt das nicht. Es fühlt sich nicht richtig an.«

»Vielleicht sind alle in dem Gebäude«, sagte Grant, obwohl er nicht überzeugt klang.

»Vielleicht.« Patterson ließ eine Hand unter ihre Jacke gleiten und holte ihre Waffe heraus. Sie blickte zu den dunklen Fenstern des Hotels hinauf und fragte sich, ob sie beobachtet wurden.

Einen Moment später hatte sie eine Antwort.

Ein scharfer Knall hallte über die Baustelle. Patterson erkannte das Geräusch sofort. Ein Gewehr.

Sie reagierte instinktiv und sprang zur Seite, um die Limousine zwischen sich und den Schützen zu bringen. Sie erwartete, dass Grant das Gleiche tun würde, aber als sie sich umsah, war er nicht mehr an ihrer Seite. Und dann sah sie ihn regungslos auf dem Boden liegen, sein Hemd war blutverschmiert.

32

Grant!« schrie Patterson und hoffte, er würde antworten. Sie betete, dass er nicht tot war. Der leitende Außendienstmitarbeiter lag sechs Meter vom Auto entfernt auf dem Boden, was bedeutete, dass er sich wahrscheinlich im Blickfeld des Schützen befand. Sie musste ihn aus der Schusslinie ziehen, bevor eine zweite Kugel ihren Partner erwischte. Sie atmete tief durch und riskierte einen Blick über die Motorhaube des Wagens, um den Scharfschützen ausfindig zu machen.

Kaum hatte sie den Kopf gehoben, krachte ein zweiter Schuss. Das Geschoss vergrub sich mit einem dumpfen Aufprall nur wenige Zentimeter von ihrem Kopf entfernt in der Motorhaube des Fahrzeugs. Sie duckte sich zurück, ihr Herz pochte in ihrem Brustkorb, aber sie hatte die Information bekommen, die sie brauchte. Als er schoss, hatte sich der Schütze in der zweiten Etage des Hotels befunden. Das Mündungsfeuer hatte ihn verraten.

Patterson fasste sich ein Herz und hielt ihre Waffe fest umklammert. Sie holte tief Luft, um ihre Nerven zu beruhigen, dann drehte sie sich um und erhob sich gerade so weit, dass sie einen sauberen Schuss auf das offene Fenster abgeben konnte, ohne sich selbst zu einem leichten Ziel zu machen. Sie feuerte zwei Schüsse in schneller Folge ab, dann duckte sie sich wieder und kletterte auf Grants liegende Gestalt zu, in der Hoffnung, dass ihr Gegenfeuer den Schützen kurzzeitig ablenken würde.

Sie schob ihre Hände unter seine Achseln und zog ihn zurück zum Auto und in Sicherheit.

Er stöhnte, öffnete die Augen und sah zu ihr auf. »Wurde ich angeschossen?«

»Nur ein bisschen«, antwortete Patterson und spürte einen Anflug von Erleichterung beim Klang seiner Stimme. Doch dann fiel ihr Blick auf sein blutgetränktes Hemd, und das Grauen kehrte zurück. Es sah schlimm aus. Wirklich schlimm. Aber wenigstens war er am Leben.

Grant zog sich an der Seite des Wagens hoch und saß dort schwer atmend. Er tastete seine Brust vorsichtig mit zwei Fingern ab und zuckte zusammen. »Fühlt sich nach mehr als nur ein bisschen an. Ich glaube, die Kugel hat mich in der Schulter getroffen. Ich kann nicht sagen, ob sie glatt durchgegangen ist.«

»Da ist so viel Blut«, sagte Patterson. »Wir müssen Hilfe holen, bevor Sie verbluten.«

»Nicht bevor der Schütze erledigt ist. Ich habe gehört, dass Sie das Feuer erwidert haben. Haben Sie ihn erwischt?«

»Vielleicht«, sagte Patterson und änderte dann ihre Meinung. »Nein, ich glaube nicht.«

»Das hilft uns nicht weiter. Wir wollen keine weiteren verletzten.«

»Deshalb muss ich mich darum kümmern.« Patterson war sich bewusst, dass wertvolle Sekunden abliefen. Sie griff in

Grants Tasche und holte sein Telefon heraus, dann wählte sie 911. Sie stellte es auf Lautsprecher und hielt Grant das Telefon entgegen. »Melden Sie sich.«

»Was werden Sie tun?« fragte Grant, drückte eine Hand auf die Wunde, um den Blutfluss zu stoppen, und nahm mit der anderen das Telefon von Patterson.

»Das Gebiet sichern. Mich um alle aktiven Schützen kümmern.«

»Patterson...«

»Sagen Sie mir nicht, dass das keine gute Idee ist. Wenn ich es nicht tue, werden Sie sterben.«

»Ich wollte sagen, dass Sie vorsichtig sein sollen«, antwortete Grant, als sich der Notrufbeamte in der Leitung meldete und nach der Art des Notfalls fragte. Er sah Patterson an und murmelte ein Wort. *Los*. Dann wandte er seine Aufmerksamkeit dem Telefon zu.

Patterson brauchte nicht gedrängt zu werden. Sie bewegte sich zum vorderen Teil des Wagens und hielt sich bedeckt. Sie schätzte die Entfernung zu den beiden geparkten Pick-ups ab. Es war nicht sehr weit, aber weit genug, um getroffen zu werden, wenn sie nicht vorsichtig war. Seit mindestens dreißig Sekunden hatte niemand mehr auf ihre Position geschossen, aber das bedeutete nicht, dass ihr Angreifer aufgegeben hatte. Vielleicht wartete er ab, weil er wusste, dass Grant am Boden lag, und wartete darauf, dass sie aus der Deckung kam. Aber dagegen konnte sie nichts tun. In der Erwartung, in dem Moment, in dem sie in Sichtweite kam, zur Zielscheibe zu werden, duckte sich Patterson und stürzte auf die Lastwagen zu, so schnell ihre Beine sie trugen.

Der Abstand zwischen der Limousine und den beiden Pickups konnte nicht mehr als fünfzehn Fuß betragen, aber Patterson kam es wie eine Ewigkeit vor. Doch wie durch ein

Wunder schaffte sie es, ohne dass weitere Schüsse fielen, und kam hinter dem ersten Lastwagen zum Stehen.

Entweder konnte der Schütze sie nicht ausfindig machen, oder er hatte erkannt, dass es keine gute Idee war, auf FBI-Agenten zu schießen, und war geflohen. Das gab ihr ein etwas besseres Gefühl im Hinblick auf die nächste freie Fläche, die sie durchqueren musste, um das Hotelgebäude zu erreichen. Das war eine längere Strecke. Mindestens vierzig Fuß. Genug Gelegenheit, um sich eine Kugel einzufangen.

Sie blickte zurück zu Grant, der sich an der Limousine abstützte. Er sprach nicht mehr mit der Notrufzentrale. Er saß zusammengesunken mit der linken Hand auf dem Boden, das Telefon immer noch in der Hand. Patterson war erleichtert zu sehen, dass seine andere Hand immer noch auf die Wunde gedrückt wurde, aber Blut sickerte durch seine Finger. Er sah nicht gut aus. Ein eisiges Grauen überkam sie. Grant könnte also doch sterben. Das war, was jeder in der Strafverfolgung fürchtete. Den eigenen Partner durch eine sinnlose Gewalttat zu verlieren. Es war umso schlimmer, als dies ihr erster richtiger Einsatz war, und sie mochte Grant.

Nein. Es war mehr als das. Sie fühlte sich zu einem Mann hingezogen, wie schon seit Jahren nicht mehr, vor allem wegen ihrer zielstrebigen Hingabe, eine FBI-Agentin zu werden. Sie hatte ihr Privatleben auf der Strecke gelassen. Gerade jetzt, wo sie sich ein wenig entspannen konnte, lebte der eine Mann, für den sie etwas empfand - auch wenn sie nicht wusste, ob das Gefühl auf Gegenseitigkeit beruhte - vielleicht nicht mehr lange genug, um etwas zu sagen.

Das konnte sie nicht zulassen.

Solange der Tatort nicht von aktiven Schützen geräumt war, konnte Grant nicht medizinisch versorgt werden. Sein Leben lag in ihren Händen. Mit einem neuen Gefühl der

Entschlossenheit nahm Patterson die Kluft zwischen dem Lastwagen, hinter dem sie gerade Schutz suchte, und den offenen Türen zur Hotellobby in Augenschein.

Sie spannte ihre Muskeln an, grub ihre Füße in den sandigen Boden und stieß sich mit erhobener Waffe ab. Doch anstatt direkt auf die Türen zuzusteuern, wich sie im Zickzackkurs nach rechts und dann nach links aus, genauso, wie es der Taktiklehrer an der Akademie gesagt hatte.

Das war auch gut so.

Ein Geschoss schlug nur wenige Zentimeter vor ihrem Fuß in dem Boden ein und wirbelte eine Staubwolke auf.

Der Schütze hatte noch nicht aufgegeben. Er wartete nur darauf, dass sie ein besseres Ziel abgab.

Patterson hob ihre eigene Waffe in Richtung des Fensters, wo sie Minuten zuvor das Mündungsfeuer gesehen hatte, und drückte zwei Schüsse in schneller Folge ab.

Als Antwort hagelte es drei Schüsse auf den Boden, die zu schnell waren, um einzeln abgefeuert zu werden. Sie fluchte leise vor sich hin. Wer auch immer dort oben im Fenster war, musste ein Sturmgewehr haben, wahrscheinlich eine AK-47, und es war jetzt im Schnellfeuer-Modus.

Sie erwiderte das Feuer und war sich plötzlich bewusst, dass sie dem Schützen unterlegen sein würde, wenn sie das Hotel erreichen und ihm gegenüberstehen würde.

Aber das spielte keine Rolle. Grant war auf sie angewiesen.

Außerdem war sie jetzt nahe am Gebäude. Noch ein paar Meter weiter und der Schütze könnte nicht mehr auf sie schießen. Sein Winkel wäre zu steil. Das war wenigstens etwas.

Doch kaum war ihr der Gedanke durch den Kopf gegangen, hörte sie ein weiteres Rattern von Schüssen. Und dieses Mal hatte der Schütze ihre Position vorausgesehen.

Sie schrie auf, als weißglühende Schmerzen ihren Körper durchbohrten, und dann stürzte Patterson vorwärts auf den harten Boden. In diesem Moment fragte sie sich, ob es sich so anfühlte, zu sterben.

33

Patterson landete so hart auf dem Boden, dass die Luft in ihren Lungen mit einem mächtigen Zischen entwich. Ihr Brustkorb brannte vor Schmerz unter ihrem linken Arm, und es tat weh, wenn sie Luft holte.

Sie kroch vorwärts in Richtung des Gebäudes, in der Hoffnung, dadurch aus dem Blickfeld des Scharfschützen zu gelangen, und tastete dann mit den Fingern unter ihrem Arm, weil sie befürchtete, dass sie einen Schuss in die Brust bekommen hatte und es nun nur noch eine Frage der Zeit war. Stattdessen fand sie zerrissenen Stoff und etwas, das wohl nur eine Fleischwunde war, unter ihrer Achselhöhle. Es war knapp gewesen. Ein paar Zentimeter weiter links und sie wäre tot gewesen. Aber wie durch ein Wunder, hatte die Kugel sie nur gestreift.

Als sie merkte, dass sie immer noch im Fadenkreuz des Schützen sein könnte, stemmte sich Patterson hoch und stolperte auf die Hoteltür zu. Sie stürmte hindurch, ließ die Tür hinter sich zuschlagen und suchte die halbfertige Lobby ab.

Es war leer, und niemand hatte auf sie geschossen, als sie

eintrat, was bedeutete, dass der Schütze noch im zweiten Stock sein musste.

Patterson eilte zu der großen Treppe, die scheinbar zu einem Zwischengeschoss führte. Sie nahm zwei Stufen auf einmal und ignorierte den stechenden Schmerz in ihrer Brust, der jedes Mal aufflammte, wenn sie einatmete. Als sie den ersten Stock erreichte, hielt Patterson erneut inne und ließ ihren Blick über die weitläufige zentrale Halle schweifen. Der Boden war immer noch blanker Beton. Große Rollen mit Teppichboden in Plastikfolie waren gestapelt und warteten darauf, verlegt zu werden. Werkzeuge lagen verstreut herum. Im hinteren Teil des Gebäudes befand sich ein Portal unter einem Teil der Decke, in dem die Rohre der Klimaanlage sichtbar waren. Zu beiden Seiten gingen Räume ab, von denen sie annahm, dass es sich um Konferenzräume handelte, deren Türen geschlossen waren.

Sie sah eine Reihe von Aufzügen zu ihrer Rechten, die durch Barrikaden mit Schildern, die darauf hinwiesen, dass sie noch nicht in Betrieb waren, blockiert waren.

Weiter weg entdeckte sie eine Tür mit der Aufschrift Treppe und ging darauf zu, ihre Sinne in höchster Alarmbereitschaft, falls der Schütze auftauchte. In diesem Fall hätte sie nur einen Moment Zeit zu reagieren.

Aber es war niemand zu sehen. Sie erreichte die Tür ohne Zwischenfall und schob sie so leise wie möglich auf. Das dahinter liegende Treppenhaus war durch provisorische Arbeitsleuchten, die auf der Treppe verteilt waren, schwach beleuchtet.

Sie hob ihre Waffe und blickte nach oben.

Alles klar. Zumindest bis jetzt.

Die Person, die auf Grant geschossen und sie fast getötet hatte, musste noch eine Etage höher sein. Es sei denn, er war durch ein anderes Treppenhaus geflüchtet, was durchaus möglich war. Er kannte das Gebäude sicher besser als Patterson.

Auf jeden Fall musste sie sich vergewissern.

Patterson ging die Treppe hinauf, ihre Schritte klangen dumpf auf den Betonstufen. Als sie den halben Treppenabsatz erreicht hatte, drehte sie sich um und richtete ihre Waffe auf die Tür im zweiten Stock, aber niemand lauerte ihr auf.

Patterson sprintete die restlichen Stufen hinauf. Sie riss die Tür auf und spähte in den dahinter liegenden Korridor. Die Bauarbeiten auf dieser Ebene waren fast abgeschlossen. Dunkelroter Teppich bedeckte den Boden unter blass Gold gestrichenen Wänden. Allerdings fehlten noch die Beleuchtungskörper, deren Positionen durch herabhängende Drähte gekennzeichnet waren. Stattdessen erhellten weitere Arbeitsleuchten den Korridor und warfen Lichtflecken in die Dunkelheit.

Sie öffnete die Tür und trat in den Korridor. Sie wandte sich nach links, nachdem sie kurz kalkuliert hatte, dass das Mündungsfeuer aus einem Raum in dieser Richtung gekommen war, obwohl es unmöglich war, zu wissen, aus welchem.

Sie ging zum nächstgelegenen Hotelzimmer mit Blick auf die Baustelle und versuchte, die Tür zu öffnen. Sie führte in einen teilweise möblierten Raum mit einem Badezimmer auf der einen Seite. Der Teppich unter ihren Füßen roch frisch. Es gab einen Schreibtisch und zwei Nachttische. Eine Matratze, die noch in Plastik eingewickelt war, stand an der Wand vor der Tür. Patterson überzeugte sich davon, dass der Raum leer war, und ging zum Fenster. Sie konnte Grants Auto unten sehen, das hinter der Limousine aus New Jersey geparkt war. Sie konnte Grant nicht sehen, nahm aber an, dass er immer noch hinter dem Fahrzeug Schutz suchte. Oder er war ausgeblutet und bereits tot.

Bei diesem Gedanken zog sich ihr Magen zusammen, und sie verdrängte ihn. Sie sagte sich, dass es ihm gut gehen würde. Sie musste nur den Schützen finden und ihn ausschalten, dann konnte sie ihren Partner erreichen.

Patterson entfernte sich vom Fenster, eilte durch den Raum und kehrte auf den dahinter liegenden Korridor zurück. Sie ging weiter zur nächsten Tür. Auch dieser Raum war leer. Sie betrat den Korridor ein zweites Mal und wandte sich nach rechts. Sie wollte gerade das dritte Hotelzimmer überprüfen, als sie ein schlurfendes, schleifendes Geräusch hörte.

Patterson drehte sich gerade noch rechtzeitig um, um eine stämmige Gestalt weiter hinten im Korridor auftauchen zu sehen. Sie erkannte ihn als den Fahrer der dunklen Limousine. Und in seinen Händen hielt er die AK-47.

»Keine Bewegung«, bellte Patterson und hob ihre eigene Waffe. »Bewaffneter FBI-Agent. Lassen Sie die Waffe fallen. Sofort!«

Aber der Mann warf das Gewehr nicht weg. Er hob es hoch und richtete die Mündung auf die FBI-Agentin.

»Tun Sie es nicht.« Pattersons Finger spannte sich am Abzug ihrer Glock.

Doch dann sackte der Mann zur Seite und schlug mit der Schulter gegen die Wand. Sein Kopf senkte sich nach vorne auf die Brust, dann ruckte er wieder hoch, als würde er darum kämpfen, bei Bewusstsein zu bleiben. Der Lauf der AK rutschte nach unten, bis er mehr auf den Boden als auf Patterson gerichtet war.

Er stieß sich von der Wand ab und machte unter einer der provisorischen Arbeitsleuchten einen zögernden Schritt vorwärts, und da sah Patterson den Grund für sein zögerliches Vorankommen.

Er hatte eine Kugel in den Bauch bekommen. Eine langsame und schmerzhafte Art zu sterben. Sie musste mit einem ihrer Blindschüsse auf das Mündungsfeuer Glück gehabt haben. Aber jetzt, da der Lebenssaft aus ihm heraussickerte, wurde der Scharfschütze immer schwächer. Sie bezweifelte, dass er noch genug Kraft hatte, um das schwere Sturmgewehr auf seine Schulter zu heben, geschweige denn zu schießen, aber sie behielt den Finger am Abzug der Glock, nur für den Fall.

»Legen Sie die Waffe weg, und ich besorge Ihnen medizinische Hilfe«, sagte Patterson, mehr um die Situation zu entschärfen als weil sie glaubte, dass er gerettet werden könnte.

Der Bewaffnete sah sie mit wässrigen Augen an, die sich noch während sie sprach, trübten. Die Mündung der AK schwang noch tiefer in Richtung Boden. Er machte einen weiteren unsicheren Schritt, dann gaben seine Beine nach und er fiel auf die Knie, wobei ihm das Sturmgewehr aus der Hand glitt und harmlos auf den Boden klapperte. Er fiel seitlich gegen die Wand, bevor er nach vorne kippte und mit dem Gesicht nach unten auf dem neu verlegten Teppichboden landete, der sich unter ihm bereits dunkelrot färbte. Patterson eilte nach vorne und schob mit dem Fuß die AK-47 aus der Reichweite des Mannes. Sie kniete sich neben ihn und suchte nach weiteren Waffen, bevor sie zwei Finger an seinen Hals legte, um zu bestätigen, was sie bereits vermutete. Der Scharfschütze war tot.

Aber Bruce Russo war immer noch auf freiem Fuß.

Kaum war dieser Gedanke in ihrem Kopf, spürte sie ein leises Vibrieren in ihrer Tasche. Sie steckte ihre Waffe zurück in ihren Holster und holte ihr Telefon heraus.

Grants Name erschien auf dem Bildschirm.

Gott sei Dank. Er war noch am Leben.

Sie drückte auf Antworten. »Grant?«

»Nicht ganz«, sagte eine Stimme am anderen Ende der Leitung. »Ihrem Partner geht es nicht so gut.«

Patterson drehte sich der Magen um. Sie erkannte den Mann, der auf Grants Telefon angerufen hatte. Es war die Person, die sie hier verhaften wollten.

Bruce Russo.

34

Wo ist Grant?« fragte Patterson, wobei ihre Objektivität blinder Wut wich. »Was haben Sie mit ihm gemacht?«

»Ich habe nichts mit ihm gemacht... noch nicht.« Russo stieß ein trockenes Kichern aus. »Ich nehme an, Sie sind immer noch in dem Hotel und suchen nach meinem Kollegen?«

»Ich habe Ihren angeheuerten Trottel bereits gefunden.« Patterson wusste, dass sie den Mann, der Grants Leben in den Händen hielt, nicht reizen sollte, aber sie konnte sich nicht zurückhalten. »Er sieht auch nicht besonders gut aus. Ich glaube, die Zeit, in der er auf Menschen schießt, ist vorbei.«

»Eine Schande. Ich kann mir vorstellen, dass der Mord an einem Mann eine Menge Papierkram für Sie bedeutet.« Russo klang atemlos. »Wenn Sie verhindern wollen, dass Ihr Partner sich mit ihm ins Jenseits begibt, schlage ich vor, Sie bleiben, wo Sie sind, bis ich weg bin.«

»Sie verstehen, dass ich das nicht tun kann.« Patterson rannte bereits auf die Treppe zu. »Sie werden nicht entkommen. Und Ihre Nichte auch nicht. Die Polizei wird sie schon abgeholt haben.«

»Meine Anwälte werden dafür sorgen, dass alle Anklagen fallen gelassen werden. Sie haben keine Beweise, dass sie etwas falsch gemacht hat.«

»Wir haben sie auf dem Überwachungsvideo, wie sie sich kurz vor dem Mord mit Ihnen im McGee's trifft«, sagte Patterson und flog in halsbrecherischem Tempo die Treppe zum Zwischengeschoss hinunter. »Zumindest wird sie eine Komplizin sein. Und nicht nur das, sie wird auch noch reden. Alles über Ihre Beteiligung ausplaudern.«

»Vielleicht. Aber das spielt keine Rolle. Alle Ihre Beweise sind Indizien, und ich habe eine Menge Geld. Bis Sie mich finden, habe ich schon genug Richter und Staatsanwälte gekauft, um die Sache aus der Welt zu schaffen.« Am anderen Ende der Leitung gab es eine Pause. »Auf Wiedersehen, Special Agent Blake.«

»Warten Sie«, schrie Patterson, aber Russo hatte bereits aufgelegt. Sie fluchte leise vor sich hin und rannte über das Zwischengeschoss und dann die große Treppe hinunter in die Lobby.

Als sie draußen ankam, blieb Patterson stehen und sah sich hektisch um. Von Bruce Russo gab es keine Spur. Aber sie sah etwas anderes, das ihr das Herz aufgehen ließ.

Jonathan Grant.

Er lag genau da, wo sie ihn zurückgelassen hatte, an die Limousine mit New Jersey-Kennzeichen gelehnt. Und was noch besser war, er war noch am Leben.

Als er sie sah, hob er einen Arm und machte eine schwache Geste.

Sie rannte über die Baustelle, wich den Lastwagen aus, der ihr vor dem Scharfschützen zuvor Deckung gegeben hatten, und ließ sich neben ihm fallen.

»Russo«, sagte er mit zusammengebissenen Zähnen. »Er war hier. Er hat mein Telefon und meine Waffe genommen. Ich war zu schwach, um ihn aufzuhalten.«

»Ist schon gut«, sagte Patterson, bestürzt darüber, wie viel Blut Grant verloren hatte. Sie fragte sich, wo ihre Verstärkung war ... die Sanitäter ... Detektiv Ahlstrom und seine Männer. Dann wurde ihr klar, dass die ersten Schüsse noch gar nicht so lange her waren. Wahrscheinlich waren sie immer noch auf dem Weg. »Reden Sie nicht. Sparen Sie Ihre Energie.«

»Er ist in diese Richtung gegangen«, sagte Grant und versuchte, den Arm zu heben und zu zeigen. »In Richtung des Yachthafens.«

»Ich kümmere mich darum.« Patterson nahm ihre Waffe wieder heraus und erhob sich. »Ich werde diesen Mann auf keinen Fall entkommen lassen.«

»Sei vorsichtig«, sagte Grant mit belegter Stimme. »Ich will dich nicht verlieren.«

»Das wirst du nicht.« Patterson sah zu Grant hinunter, ihre Augen trafen seine. »Versprich mir, dass du nicht stirbst, während ich weg bin.«

»Ich werde es versuchen.« Grant hustete und stöhnte vor Schmerzen. »Schnapp dir den Bastard.«

Patterson brauchte nicht gedrängt zu werden. Sie hielt ihre Dienstwaffe fest umklammert und rannte zurück zum Hotel. Sie war erleichtert, dass dieses Mal niemand von oben auf sie schoss. Die Wunde unter ihrer Achselhöhle, wo die Kugel des Scharfschützen sie gestreift hatte, brannte bei jedem Schritt, aber sie ignorierte sie und lief weiter. Es war nichts im Vergleich zu Grants Verletzungen.

Als sie das Gebäude erreichte, hielt Patterson inne. Der Yachthafen lag auf der anderen Seite des Hotels. Sie konnte entweder außen herumgehen, was wertvolle Minuten kosten würde, oder durch die Lobby zur großen Glaswand mit Blick auf den See, und hoffen, dass die Türen dort nicht verschlossen waren.

Es war ein riskantes Wagnis.

Wenn sie die falsche Option wählte, würde Russo doch noch entkommen.

Patterson war einen Moment lang wie erstarrt vor Unentschlossenheit, dann schlug sie die Vorsicht in den Wind und entschied, dass der kürzere Weg durch die Lobby vorzuziehen sei. Sie machte sich wieder auf den Weg und schob sich durch die breite Eingangstür des Hotels. Ihre Schritte hallten auf dem Marmorboden, als sie zum hinteren Teil des Gebäudes eilte, vorbei an der großen Treppe und der extravaganten Statue, die Russo bei ihrem letzten Besuch hier aufgestellt hatte. Sie dachte nicht weiter an den Bewaffneten im zweiten Stock. Dank einer gut platzierten Kugel aus ihrer Glock stellte er keine Bedrohung mehr dar, und sie war sich ziemlich sicher, dass das Gebäude ansonsten leer war.

Sie konnte den Yachthafen jetzt durch die Glaswand sehen, die eine ganze Seite der Lobby einnahm. Er erstreckte sich entlang des Seeufers vom Hotel bis hin zum künstlichen Leuchtturm, der in der Nähe des Wassers stand. Piers ragten in den Lake Montauk hinaus, mit Bootsanlegern auf beiden Seiten. Sobald das Hotel eröffnet war, würden dort teure Yachten und Kabinenkreuzer liegen. Doch im Moment waren sie leer. Sie fragte sich, warum Russo in diese Richtung geflohen war. Und dann sah sie es. Ein einsamer Bugsegler, der an einem der letzten Liegeplätze festgemacht hatte, dessen glatter Rumpf im Sonnenlicht glitzerte, während das Wasser gegen ihn plätscherte. Sie sah auch noch etwas anderes. Eine Gestalt in der Nähe des Leuchtturms, die auf das Boot zulief. Es konnte nur eine Person sein.

Sie fand die Türen, die zum Yachthafen führten, und

zerrte daran, sie wusste, dass sie Russo verlieren würde, wenn er das Boot erreichte.

Die Türen ließen sich nicht öffnen.

Abgeschlossen. Sie hatte also doch die falsche Entscheidung getroffen.

Sie überlegte, ob sie durch die Lobby zurücklaufen und den langen Weg nehmen sollte, auch wenn sie wusste, dass das zu lange dauern würde. Dann kam ihr eine Idee. Patterson trat zurück und nahm gleichzeitig ihre Glock aus dem Holster.

Sie hob die Waffe und zielte auf eine der Glastüren, dann drückte sie ab.

Das Geräusch der Glock und der Einschlag der Kugel in der Tür ließen Patterson zusammenzucken.

Das Glas hielt für den Bruchteil einer Sekunde zusammen und wurde plötzlich undurchsichtig. Tausend Risse zogen über seine Oberfläche. Einen Moment später zerschellte es in einem Hagel von kleinen Glasstücken auf dem Boden.

Patterson eilte vorwärts, Glas knirschte unter ihren Füßen. Sie sprintete über ein offenes Deck mit Blick auf das Wasser und stieg dann auf einen Kiesweg hinab, der am Yachthafen vorbeiführte.

Russo machte sich auf den Weg entlang des äußersten Piers und war schon fast am Boot.

Wenn er den Schuss gehört hatte, schenkte er ihm keine Beachtung.

Patterson rannte hinter ihm her. Als sie den Pier erreichte, war er gerade dabei, in das Boot zu steigen.

»Bleiben Sie stehen!«, schrie sie, ging auf ihn zu und brachte ihre Glock zum Einsatz.

»Ich hatte gehofft, dass meine kleine List mit Ihrem Partner mir mehr Zeit verschaffen würde.« Russo drehte sich zu ihr um. »Ich dachte, wenn Sie glauben, dass er in Gefahr ist, würden Sie sich zurückhalten.«

»Das ist nicht meine Aufgabe«, antwortete Patterson. Sie schloss die Lücke zwischen ihnen. »Gehen Sie von dem Boot weg, ich nehme Sie fest.«

Russo beobachtete sie mit einem stählernen Blick. »Das glaube ich nicht.« Er machte einen Schritt auf das Boot zu.

»Ich sagte stopp.« Pattersons Finger spannte sich am Abzug.

»Warum?« Russo wandte sich ihr wieder zu. »Sie werden mich nicht erschießen. Ich bin unbewaffnet. Das wäre Mord.«

»Das war Ihnen egal, als Sie Jeremy Knight mit einem Hammer zu Tode geprügelt haben.« Patterson wusste, dass Russo log, er sei unbewaffnet. Er hatte Grants Dienstwaffe an sich genommen. Sie musste irgendwo an seiner Person versteckt sein. Sie würde vorsichtig sein müssen.

»Ich wollte nicht, dass das passiert«, sagte Russo. »Ich ging hin, um den Mann zu konfrontieren. Ihm Gottesfurcht einflößen. Er wollte mein Geld stehlen, um zu verschwinden und ein neues Leben zu beginnen. Ich hätte keinen Pfennig davon zurückbekommen.«

»Sie haben ihn wegen ein paar tausend Dollar umgebracht?« fragte Patterson, die sich nicht helfen konnte.

»Nein. Ich habe ihn getötet, weil er meine Nichte betrogen hat. Sie gehört zur Familie und wir kümmern uns um unsere Leute. Als ich hörte, wie dieser Abschaum im Theater mit einer anderen Frau telefonierte, wusste ich, dass es unausweichlich war.«

»Da haben Sie entschieden, dass er es nicht verdient hat zu leben.«

Russo zuckte mit den Schultern. »Da war ein Werkzeugkasten mit einem Hammer drin. Irgendein Bühnenarbeiter muss ihn vergessen haben, als sie das Set bauten. Die Gelegenheit schien zu günstig, um sie zu verpassen. Am Ende bettelte er sogar um sein Leben. Es war erbärmlich.«

»Ich glaube, ich habe genug gehört«, sagte Patterson und griff nach ihren Handschellen. »Halten Sie Ihre Hände so, dass ich sie sehen kann, und legen Sie sich mit dem Gesicht nach unten auf den Boden.«

»Sicher«, sagte Russo. Aber er behielt seine Hände nicht dort, wo sie sie sehen konnte. Stattdessen machte er eine blitzschnelle Bewegung hinter seinem Rücken, und bevor Patterson merkte, was geschah, starrte sie auf die Mündung von Grants Waffe, als Russo sie hochhob und abdrückte.

35

Patterson hatte damit gerechnet, dass Russo so etwas tun würde. Sie warf sich seitlich aus der Schusslinie und gab selbst drei Schüsse ab, während die Kugeln aus Grants gestohlener Waffe nur wenige Zentimeter neben ihrem Kopf durch die Luft flogen.

Ein paar ihrer eigenen Kugeln segelten harmlos an dem verzweifelten Mafioso vorbei.

Die dritte traf ins Schwarze und warf ihn mit einem schmerzhaften Grunzen nach hinten.

Sie landete hart auf dem Deck, rollte bis kurz vor die Kante des Piers, nur Zentimeter davon entfernt, im Wasser zu landen. Der Aufprall entlockte der Wunde unter ihrem Arm neue Wellen des Schmerzes, aber daran konnte sie im Moment nicht denken.

In Grants Waffe befanden sich noch einige Kugeln, und sie wusste nicht, wie schwer Russo verletzt war. Die Annahme, dass er außer Gefecht gesetzt war, könnte ein fataler Fehler sein.

Patterson rappelte sich auf und drehte sich um, bereit,

erneut zu schießen, aber der Bauunternehmer und Mafioso, der zum Killer geworden war, stellte keine Gefahr mehr dar.

Er stand am Ende des Stegs mit einem überraschten Gesichtsausdruck. Die Waffe war ihm aus der Hand gerutscht und lag nun harmlos auf den Holzbrettern des Piers. Sein Poloshirt, ein leuchtendes Kanariengelb, färbte sich langsam rot. Er sah Patterson an und öffnete den Mund, als wolle er etwas sagen, aber es kam nur ein seltsames Krächzen heraus. Russo stand noch einen Moment da, schwankte einmal, dann kippte er zur Seite und verschwand mit einem Platschen zwischen dem Pier und dem Boot.

Patterson spürte, wie die Anspannung aus ihrem Körper wich, als sie das Heulen der herannahenden Sirenen hörte, das durch den Wind getragen wurde.

Die Verstärkung war endlich da.

Sie ging zum Rand des Piers und schaute hinunter in das trübe Wasser. Bruce Russo war nirgends zu sehen. Patterson beschloss, dass dies das Problem von jemand anderem war, bückte sich und hob Grants Dienstwaffe auf. Sie steckte sie in ihr Schulterholster und hielt ihre eigene Waffe bereit, nur für den Fall, dass es noch weitere Überraschungen gab. Nachdem sie sich kurz umgesehen hatte, machte sie sich müde auf den Weg zurück zu dem weitgehend fertiggestellten Hotelgebäude und ihrem verletzten Partner, der dahinter wartete.

36

DER NÄCHSTE TAG

Patterson saß auf einem Stuhl neben Grants Krankenhausbett und hatte ein Buch auf dem Schoß. Es war fast Mittag, und sie war bereits seit mehr als vier Stunden im Krankenhaus. Sie hatte versucht zu lesen, war aber abgelenkt und saß nun gedankenverloren da, während Grant schlief und das ständige Piepen eines Elektrokardiogramms zu hören war.

Nach den Schüssen auf der Baustelle von Bruce Russo war sie von Marilyn Kahn, der leitenden Spezialagentin der Kriminalabteilung der FBI-Außenstelle in New York, in den Verwaltungsurlaub versetzt worden. Dies war das übliche Verfahren, und sie hoffte, in wenigen Tagen wieder im Büro zu sein. Aber im Moment hatte Patterson die Freiheit, Zeit am Bett ihres Partners zu verbringen.

»Hey, du«, sagte Grant mit schwacher Stimme.

»Hey.« Patterson sah auf und war überrascht, dass Grant wach war und sie ansah. Er war auf der Baustelle fast an Blutverlust gestorben und hatte im Krankenwagen zweimal einen Herzstillstand erlitten.

»Wie lange bist du schon hier?«

»Eine Weile«, sagte Patterson. Sie hatte sich von den Sanitätern vor Ort zusammenflicken lassen und war dann mit dem Dienstwagen zum Krankenhaus gefahren, wobei sie wie eine Verrückte hinter einer Polizeieskorte herfuhr, die Detektiv Ahlstrom organisiert hatte. Später am Abend, als er operiert wurde, um die Kugel zu entfernen, die sich gefährlich nahe am Herzen befand, lief sie im Wartezimmer hin und her und betete, dass er nicht sterben würde. Marilyn Kahn war auch dort gewesen, ihre steife Miene war vorübergehend der Sorge um den verwundeten Agenten gewichen. Als der Arzt herauskam, um ihnen mitzuteilen, dass die Operation beendet und Grant stabil war, hatte Kahn Patterson schließlich davon überzeugt, das Zimmer zu verlassen, um den dringend benötigten Schlaf zu bekommen. Aber da sie nicht lange von der Seite ihres Partners weichen wollte, war Patterson bei Tagesanbruch ins Krankenhaus zurückgekehrt. »Ich habe mir solche Sorgen um dich gemacht.«

»Ich auch«, sagte Grant und zwang sich zu einem Lächeln, das eher wie eine Grimasse aussah. »Ich dachte, ich wäre aufgeschmissen, ganz sicher.«

»Du warst es fast«, antwortete Patterson. »Eine Zeit lang stand es auf der Kippe.«

»Was ist mit dir?« fragte Grant. »Du sahst auch nicht gerade großartig aus, als ich dich das letzte Mal gesehen habe. Du hast geblutet.«

»Es ist nichts weiter. Eine Kugel hat meine Rippen gestreift. Das ist alles.«

»Klingt, als hättest du Glück gehabt.«

»Das hatten wir beide.«

»Und Bruce Russo?« Grant versuchte, sich im Bett höher

zu setzen, um sie zu sehen, stöhnte aber vor Schmerzen und gab auf. »Bitte sag mir, dass er nicht entkommen ist.«

»Ist er nicht.« Ein Bild von Russo, der am Rande des Piers stand und dessen Hemd mit scharlachrotem Blut befleckt war, schoss ihr durch den Kopf. Er sah überrascht aus, dass sie auf ihn geschossen hatte, obwohl er versucht hatte, sie zu töten. »Er wird keinen Ärger mehr machen.«

»Er ist in Gewahrsam?«

»Er ist tot. Zumindest, soweit wir wissen«, sagte Patterson. »Er fiel ins Wasser, nachdem ich ihn angeschossen hatte. Die Polizei von Suffolk County und das USERT-Tauchteam haben den See seit gestern Abend abgesucht, aber die Leiche bisher nicht gefunden.«

»Wenn er dort ist, werden sie ihn herausziehen«, sagte Grant. USERT war das Akronym für das Underwater Search and Evidence Response Team des FBI. Die Taucher waren sehr gut ausgebildet und beherrschten ihren Job.

»Ich hoffe es.«

»Bist du sicher, dass er tot ist?«

»So sicher, wie ich nur sein kann.« Patterson nickte. »Selbst wenn der Schuss in die Brust nicht tödlich gewesen wäre, hätte er in diesem Wasser nicht lange überlebt.«

»Und Kaylee Robinson?«

»Sitzt in einer Gefängniszelle.« Die Polizei hatte Kaylee am Nachmittag zuvor in ihrem Haus verhaftet und sie wegen Beihilfe zum Mord festgenommen. Da sie niemand bezahlt, waren Russos hochkarätige Anwälte nicht zu ihrer Verteidigung aufgesprungen. Wenn nicht noch jemand aus ihrer Familie Geld hat, sieht es so aus, als würde sie einen Pflichtverteidiger bekommen. »Sie steckt in einem Haufen Ärger.«

»Das hat sie sich alles selbst eingebrockt«, sagte Grant.

»Der Detektiv hat sie bereits befragt. Sie redet nicht. Sie behauptet, sie habe nichts von den Absichten ihres Onkels gegenüber Knight gewusst. Das Treffen in der Bar war rein gesellschaftlich, und sie wusste nicht, dass er danach ins Theater gehen würde.«

»Sie hat weiterhin kaum etwas gesagt«, sagte Grant.

»Außer, dass ihre Freundin Amber beim Verhör zusammenbrach. Sie sagte, dass Kaylee wütend war und wollte, dass Knight für den Verrat an ihr bezahlt. Sie erzählte dem vernehmenden Beamten, dass Kaylee am Morgen des Mordes zugab, dass sie einen Plan hatte, um sich an ihm zu rächen. Sagte, dass es Knight am Ende des Tages leidtun würde, dass er sie jemals angelogen hat.

»Eine verschmähte Frau«, bemerkte Grant.

»Ganz genau.«

»Das beweist noch keinen Vorsatz«, bemerkte Grant. »Aber es reißt ein Loch in Kaylees Unschuldsbehauptung. Sie hat sich mit ihrem Onkel verschworen, um Jeremy Knight zu schaden, und selbst wenn die ursprüngliche Absicht nur war, ihn zu erschrecken oder zu verprügeln, war das Ergebnis der Tod von Knight durch Russos Hand. Das ist immer noch Mord zweiten Grades.«

»Deshalb sieht sie einer Anklage wegen Beihilfe entgegen. Ihr drohen Jahre im Gefängnis.«

»Was ist mit Ritters Schwager, Stephen Canning?«

»Ahlstrom hat ihn gehen lassen«, sagte Patterson. »Er ist vielleicht etwas ungehobelt, aber er hat kein Verbrechen begangen.«

»Zumindest nicht dieses Mal.« Grant drehte seinen Kopf, um Pattersons Blick zu begegnen. »Wie fühlt es sich an, deinen ersten Fall zu lösen?«

»Nicht so gut«, gab Patterson zu. »Nicht, wenn mein Partner deswegen in einem Krankenhausbett liegt.«

»Wenn du nicht wärst, würde ich wahrscheinlich ein paar Stockwerke tiefer in der Leichenhalle liegen.«

»Sag so etwas nicht«, antwortete Patterson. »Du bist hier, und das ist alles, was zählt.«

Grant sah sie einen Moment lang an, dann streckte er seine Hand nach ihrer aus. »Und du bist hier an meiner Seite, das macht es noch besser.«

»Ich bin froh, dass du das denkst.« Patterson drückte seine Hand und sah Grant in die Augen. »Weil ich nirgendwo hingehen werde.«

»Gut.« Grant ließ sich zurück in die Kissen fallen und schloss mit einem zufriedenen Seufzer die Augen. »Und jetzt ließ weiter in deinem Buch. Das ganze Gerede hat mich müde gemacht.«

Das erste Buch der Serie, Schwester, wo bist du, ist jetzt erhältlich.

Schwester, wo bist du

Vor sechzehn Jahren verschwand ihre Schwester während einer Autoreise quer durchs Land...

FBI-Spezialagentin Patterson Blake glaubt, das Trauma des Verschwindens ihrer Schwester Julie sei nur noch eine ferne Erinnerung. Doch als sie dabei hilft, das Versteck eines bösartigen Serienmörders zu stürmen, kommen ihre unverarbeiteten Emotionen wieder hoch - mit fatalen Folgen.

Patterson sieht sich an den Rand gedrängt und läuft Gefahr, den Job zu verlieren, den sie liebt, und fürchtet um ihre Zukunft. Bis sie neue und beunruhigende Details über die letzten Tage ihrer Schwester erfährt. Mit neuer Entschlossenheit beschließt Patterson, in Julies Fußstapfen zu treten und das Unmögliche zu tun. Sie will das Geheimnis lüften, was mit ihrer Schwester geschehen ist und warum.

Doch als sie auf einen sadistischen Soziopathen stößt, einen Mörder, der seit Jahrzehnten Mädchen entführt und sie einem grausamen Tod überlässt, muss die junge FBI-Agentin feststellen, dass die Vergangenheit ein gefährlicher Ort ist und dass diejenigen, die darin wohnen, immer noch da draußen sind und auf neue Beute warten.

Und in Patterson Blake haben sie diese vielleicht schon gefunden...

Ein spannender Thriller, den man nicht aus der Hand legen möchte.

Schwester, wo bist du

ÜBER DIE AUTOREN

A. M. Strong ist das Pseudonym des Autors von übernatürlichen Action- und Abenteuerromanen Anthony M. Strong. Sonya Sargent wuchs in Vermont auf und ist eine begeisterte Leserin, wenn sie nicht gerade an ihren eigenen Büchern arbeitet. Sie verbringen ihre Zeit an der sonnigen Space Coast in Florida und auf einer ruhigen Insel in Maine.

Weitere Informationen über die Autoren finden Sie unter AMStrongAuthor.com

Printed in Poland
by Amazon Fulfillment
Poland Sp. z o.o., Wrocław

39265478R00115